Jack

Kerouac

玛吉·卡西迪

Maggie Cassidy

杰克·凯鲁亚克 著
金绍禹 译

上海译文出版社

一

那是个除夕，北方下着大雪。大伙手挽着手簇拥着一个人，沿着铺了雪褥的路跌跌撞撞地走着，只有那个中心人物一个人在用沙哑悲伤不连贯的嗓音，唱着他星期五下午在盖茨剧院听到的那个牛仔唱的歌，“方块杰克，方块杰克，我要毁在你的手里，”[①]但是他又不知道毁在你手里那一句歌词，只会唱方块杰克，唱到这里就断了，接着就用西部方言那样嗯嗯呀呀混过去。唱歌的是G·J·里戈泼洛斯。他被他们架着，鞋子在雪地里拖着，就像一个醉鬼那样耷拉着脑袋，两臂无力地垂着，屁股撅起，像个白痴一样，把满不在乎的样子表现得淋漓尽致，弄得其他人为了要在雪地里架住他，一个个都用尽力气，脚下不停地打滑。一片片鹅毛似的雪花飘落在头上，可是他耷拉着脑袋，喉咙里还在传出那悲伤的音符，方块杰克，方块杰克。那是一九三九年的新年，是在大战之前，是在人们还不知道世界对美国的态度的时候。

除了希腊裔小伙子G.J.之外这一帮男孩子都是法裔加拿大人。他们其他几个人，斯科蒂·博尔迪欧、阿尔贝·劳颂、维尼·贝尔格拉克以及杰克·杜洛兹，从来没有哪个人去想过，G.J.整个童年时代怎么会跟他们一块儿度过，而不去找别的希腊男孩子交朋友，做青春期无话不说的知己，因为找那些人是轻而易举的事，他只要跨过河去就可见到上千个希腊男孩，要不就攀上波塔基维尔山，到范围相当大的希腊人聚居区就可以找到许多朋友。也许劳颂想到过这事，知道G.J.跟希腊人从来都合不来，虱子[②]可是这帮人中最有同情心、最能体谅人的一个；但是由于他想法很多，心里老在那里琢磨，因此他从来没有说起过心里正在想的事——至今还没有。但是所有这四个法裔男孩对这个希腊裔男孩的感情是极深的、是真实的、是毫无掩饰的、是不掺假的，并且是认认真真的。他们都拼命地抓牢他，急不可待地想知道，这个公认的笑话大王“国王的弄臣”又会说出什么笑话来。郁闷的冬天里，他们在长着巨大而美丽的黑枝桠的树下走着，那是从人行道上向四处曲折伸展、纵横交错的黑乎乎的树枝；这些树枝高耸在里弗赛德街的上方，就像结实的屋顶，绵延几个街区，两旁是影影绰绰的旧宅，都有巨大的游廊，深处装饰了无数圣诞节灯火；那都是水景房受青睐而且造价昂贵的时代留下的遗迹。可是现在里弗赛德街已经是杂乱不堪，从沙地边缘一家灯光昏暗的希腊人小杂货铺开始，向河边延伸的小平房街道一路朝下；从这里到一个业余棒球场一带几乎成了杂草丛生的地方，出界的棒球砸碎了玻璃窗，十月里一到晚上那些恶棍无赖和街头顽童就在这里点起火来，G. J. 和他这一帮人过去就是这样，现在仍旧是这样的一群人。

“给我一个雪球，哥们，”G. J. 说道，突然从醉鬼模样中惊醒，步履踉跄；劳颂一听这话立即把雪球递给他，期待地傻笑。

“你要做什么，耗子？”

“我要把那家伙打得晕头转向！”他大声吼叫，“要他骨碌碌地打转！打饱嗝的人会跷起那两条粗壮的腿，在南方的海岸上拉屎，

① 取自得克萨斯州民歌。
② 原文为 Lousy，阿尔贝·劳颂的姓（Lauzon）与英文 lousy（多虱子，糟糕的）音近。

在迈阿密棕榈滩——”然后他伸展开手臂狠狠地将雪球朝一辆正路过的车子砸去，雪球正好砸中车子的正面，发出轻轻炸开的声音，在汽车玻璃上和在他们的眼里留下了一颗闪亮的星，于是他们乐得前仰后合，双手拍打着膝盖，那雪球啪的一声不轻不重正好吸引了开车人的注意，他开着一辆声音很响的艾塞克斯破车，车后装了木头，还有一棵圣诞树、几根圆木，前面也装了几根，一个小孩抓着木头，那是他的儿子，背后还有人，都是德雷克特[①]来的农民；他转过脸来朝他们瞪了一眼，气呼呼地继续开车，朝磨坊水池和老柏油路方向的松树林开去。

“哈哈哈，你们瞧见他脸上的表情了吗？”维尼·贝尔格拉克急不可待地嚷道，一面在路上蹦跳起来，兴奋地狂笑不止，抓住G. J. 又是拉又是推。他们几乎都跌倒在路边的雪堆上。

贴着路边默默地走着的是斯科蒂·博尔迪欧，他若有所思地垂着头，仿佛是独自一人在房间里注视着烟头；他宽肩膀，矮个子，老鹰脸，头发油光光的，肤色有点深，两眼呈褐色。其他的人都在一齐起哄，而他转过脸来发出若有所思且很有礼貌的笑声。与此同时，他的眼神里对他们拿他的严肃表情当作笑料、做出滑稽举动，有一丝疑惑，对他们的举动他态度严肃并且感到惊讶，这一切体现出他沉稳的老大风度，所以虱子见他不和大家欢闹，只是一个人沉思，就把脑袋凑到他肩膀上，像一个大姐一样笑了一声，推推他道：“喂，斯科蒂，你没看见耗子正好把雪球砸中那家伙的车窗玻璃，就像那一回在王冠电影院他拿冰淇淋砸在银幕上一样，对吗？

---

① Dracut，位于洛厄尔北面之小城。

真是！多爽！对吗?”

斯科蒂只是挥了挥手并点点头，一面咬咬嘴唇，沉思着深深吸了一口切斯特菲尔香烟[1]，可能思索的是他十七岁的崭新人生旅程到了第三十或四十个年头，他一定会埋头工作，慢慢地、深深地、渐渐变得力不从心地埋头工作，看着他的眉毛和不戴帽子而梳得非常伏贴的脑袋在雪中变白了，会觉得既悲哀又美妙。

维尼·贝尔格拉克瘦得像根芦柴，一直在那里大声喊叫，他很高兴；他爸爸的名字一定叫“欢乐”；他跟这一伙人非常地活跃，一面还大声叫喊，外套也跟着不停地摆动，而外套里面他瘦细、弱小的躯干则在外表看不见的臀部和细长、白皙、痛苦的双腿上扭动。他的脸瘦削得像刀片，棱角分明且英俊，像是用指甲锉刀修整过的；蓝眼睛，洁白的牙齿，晶莹、狂热的眼神；他的头发湿漉漉的，朝前卷起，然后又朝后梳得光光的，在白色丝巾的衬托下显得光滑、黝黑；两道眉毛引人注目，颇像电影演员泰龙·鲍尔[2]的双眉，因模样极英俊潇洒而沾沾自喜。然而，一听到“上!”这个字眼他就是一个轻率的疯子。他的大笑声和尖厉叫声传遍了积雪覆盖的寂静道路，路边冻得缩手缩脚的节日加班的工人，都俯身整理着瓶子和包装箱，在夜晚空气里他们的鼻子不停地吸出声音来。雪花飘落在他的脑袋上，在他的尖叫声中不停地飘落。G. J. 此时从掩埋他身体的雪堆里爬出来，而当时他就像“一只倒霉的老鼠”跌进雪堆里，因积雪松软，他打着寒噤陷进了冰冷中；他浑身上下都沾

---

① Chesterfield cigarette，二十世纪初美国香烟品牌。据上文，此处是想象斯科蒂吸烟。
② Tyrone Power（1914—1958），美国电影演员。

了洁白的雪，一把抓住维尼将他扛在肩上，旋转着将他飞甩出去，就像他们在莱克斯大舞厅和美国法裔男子俱乐部以及他们自家后院举办的摔跤比赛上看到的一样——一个个像发了疯似的，尖声大叫，身上穿着引以为傲、飘忽的青春少年的大衣，在兴奋到了极点的时候手舞足蹈起来。

他们这时甚至还没有开始喝酒。

G. J. 和维尼一齐跌倒在雪堆上，深深地陷在积雪里，大家跳呀、叫呀；白雪在漫天飞舞，积雪从在午夜的空气里颤抖的枝条上落下；这是个除夕夜。

二

阿尔贝·劳颂把他忧伤的目光转移到杰克·杜洛兹身上，他只见杰克正站在旁边心事重重的样子，真出人意料。

“嗨扎——格，你瞧见他了吗？耗子抱住他，赏给他一个惯用的飞甩——这种擒拿法你叫它什么来着，扎格？你说呢？”那是一声声从他牙齿缝里挤出来的傻笑声。“维尼这疯子把他甩在地上，那只鬼鬼祟祟的老鼠把他深深地甩在厚厚的雪地里，你瞧见了吗？嗨扎格？”他一面说话一面抓住杰克的胳臂使劲摇晃，要他瞧一瞧刚刚发生的事儿。可是遥远的过去悬在记忆中的一件事，或者关于这件事的思索，占据了这个男孩子的心思，因此，他只得转过身来朝着虱子仔细瞧上一眼，才弄明白就在他想着自己的心事的时候，人家要他作出什么样的反应。他瞧见了劳颂的两只忧伤的眼睛，眼睛靠得很近，中间隔着一个异样的大鼻子，一顶褐色大毡帽将大鼻子遮掩，他是这一帮人当中唯一戴帽子的人；也看不出什么意思，只见他期待地咧嘴大笑，那两只眼睛流露出青春的光芒，还有那个大下巴，拉长的大嘴巴，等待他的反应。劳颂见扎格迟迟没有从他自己想着的心事中回过神来，内心感觉到的痛苦，那一闪而过的感觉，只在他的嘴角微微显露；杜洛兹在端详对方的时候看到了一丝遗憾，然而接着这遗憾也就一去不复返了；而在杜洛兹的心里，他只不过是在想他四岁的时候，一个红霞满天的五月的傍晚，在消防站的门前他朝一辆汽车扔了一块石头，车子停下了，那人跳下车子，一脸的怒气，车子的玻璃被砸碎了，因此，见了劳颂脸上流露的遗憾，他心中纳闷是不是要把四岁时扔的石块告诉他，然而劳颂抢先开了口。“扎格真可惜，你没有看见大个子老鼠被瘦子维尼·贝尔格拉克摔在地上，真逗!”劳颂这时候责怪起他来。“没错，当时你的脑子准是在十万八千里以外，你没有看见，真叫人难忘：你想想这个独一无二的人 G. J. ——瞧他现在又在干什么！扎格你疯了！喂!”一面在他身上拍打，又推又拉，摇晃他的身子。一秒钟之内一切都已经忘却。烦恼之鸟飞进来，在珍珠似的心灵落脚，然后又飞走了。斯科蒂在这一帮人边上，步履艰难地走着，依然独自走着，依然在沉思。

G. J. 外号耗子，大名里戈泼洛斯，也可能叫里戈洛泼拉科斯，那是他勤劳的父母简化的，这时他从雪地里爬起来，玩笑不说了，或者说是认真地，有可能是严肃地把新大衣上沾的雪拍去，那时候心里想的是他的母亲，她在圣诞节前一个礼拜很自豪地把这件大衣送给他。“小子们，别闹了，这件羊绒大衣是我老妈给的，大衣的价格太贵了，所以我得把我自己的纪念性①的标志别上——”然而

① 原文为 immemoriam，倘若是拉丁文应写作 in memoriam，意即“悼念”。

突然间他旺盛的精力又迸发了，他对于大家的关注是无穷无尽的，就像一个醉汉突然冲出去，要从头再来，要把整个世界耗尽，要亲吻这个世界的基础——“扎格嗨扎格嗨！你告诉我的表示纪念[①]的字，那个字怎么说的，那天夜里在广场上，不是市政厅门前的广场，你说你是在百科全书上看到的，扎格，那个跟纪念碑有关的字——”

“——immemor——”

“Immemorialamums——嗨！”耗子尖叫一声，甩开一帮子人伸过来的一双双手，朝扎格扑过来，非常焦急地要抓住他。“世界大战的阵亡将士纪念碑老远[②]——沃德华斯·朗费罗——老远——六百万阵亡将士纪念碑——扎格，那个字怎么说？给我们说说那个……字……叫什么……来着！”他焦躁地吼叫，一个劲地拉住他，要大家看看，他说这个话的时候急得发狂，是那样激动、那样“按捺不住”，他的按捺不住、焦急不安的心情随时都会炸裂，飞上天去。从他装的样子看来，这是一件非常重要的事情，起码可以说——“这个人必须即刻砍头，赶快呼叫，呼叫月亮，我们的笨脑瓜抓住他了，就要走了，这个人不肯告诉我们，鲍里斯·卡洛夫[③]等以及所有跟弗兰肯斯坦[④]有关的人，还有……”他诡秘地低声

① 此处作者用的是杜撰的 immemorious 一词。

② 原文用的是 immemorial 一词，意即“远古”，可能他们记美国诗人朗费罗（Henry Wadsworth Longfellow，1807—1882）名字（但又记错了，原文是 Wadworth）时联想起了 immemorial 一词，所以才有下文的“老远”（原文为 long far，与诗人名音相近），结果造成这么多词语的混淆。

③ William Henry Pratt（1887—1969），艺名 Boris Karloff，英国著名演员，电影《弗兰肯斯坦》主演。

④ 根据英国女作家玛丽·W·雪莱（Mary W Shelley，1797—1851）同名小说《弗兰肯斯坦》（1818）改编的美国影片（1931）中的主角，一个创造了人形怪物而自己也遭毁灭的医学研究者。

说道——“那间……屋子……那是……默克西·史密斯的……”①一听这个话大家都感到一惊，突然间又大笑起来；就在几个星期以前，他们曾经把家住波塔基维尔区的一个醉鬼老头扶回他的屋子，那是在里弗赛德街的远端，是一座有一百七十五年历史的殖民地时代的房子，没有油漆，不管是壁炉炉床还是门槛石都已经坍塌，那是一片凹陷的场地，面目凄凉，就在通向德雷克特和望湖城的大路的岔路口；当时是在阴森森的夜晚；他们几个跌跌撞撞地将这个小老头扶进他家的厨房，他一屁股坐下来，嘴里含糊不清地说着胡话；他说他老听见另外几个房间里有鬼在说话；就在他们要离开的时候，老头被摇椅绊了一下，跌倒了，脑袋撞在椅子上，躺倒在地上，嘴上直哼哼。他们又把他从地上拖起来，让他坐到沙发上；他似乎没有什么大碍。但是他们听见了屋檐上的风声，听见没有人住的阁楼上的风声……他们一个个都急匆匆地回家。他们的脚步离家越近，即使是在当时还兴奋地说个不停的 G.J. 越是相信，默克西·史密斯已经死了，自杀死了。“他倒在那张沙发上，脸色惨白，是一个死鬼，”他低声道，“我告诉你们……从现在开始他就不是活人，是默克西·史密斯的鬼了”；于是第二天，一个星期天的早晨，他们都恐惧不安地拿起报纸来翻阅，看看默克西·史密斯是否被发现死在他那座闹鬼的屋子里。“我知道我们在纺织厂人行道上碰见他的时候，月亮露出来了——不是好兆头，这个老头已经是一个半死的人了，我们真不应该把他送回家的，”半夜了 G.J. 还在不住地这样说。但是早晨并没有消息说一帮男孩子悄悄地从一间屋子出

① 耗子只是胡言乱语而已。

来，丢下一个被重物砸得青肿的人；于是他们到教堂做礼拜，法裔加拿大人到波塔基维尔山上的圣女贞德教堂做礼拜，G. J. 则与他的蒙着黑面纱的母亲和姐妹一道过河，到运河边的希腊东正教教堂做礼拜，做完礼拜之后他们就相互转告，一个个都放下心来。“默克西・史密斯，”G. J. 在除夕夜的大雪中悄声说道，“和他的悼念爵士乐队从那片雪地里走过来了……可是多么吓人的一个字眼①！嘿虱子，你听到过这个字吗？司各特？IMMEMORIAM. 永远镌刻在石碑上。这个字是这个意思。只有扎格才会发现这个字。他闭门读书读了许多年……IMMEMORIAM。扎格，好记性，再写几个这样的字。你会出名的。他们会叫你当华尔街主管汽车分部狗屁会议的名誉主席。我也会出席的，扎格，带上一个金发女郎，一个长颈瓶，一间公寓，等着你大驾光临……哦先生们，我真的累了，那真是一场摔跤比赛——今夜我怎么能跳舞呢？现在我怎么能去跳吉特巴舞呢？”其他的一切一时间又一次全部耗尽，于是他用刚学的唱法唱起了“方块杰克”，调子忧伤，非常忧伤，他就像一条丧家之犬，就像工人们在唱歌，声音在夜晚的大雪中飘忽，断断续续，似不祥之兆，“方块杰克”，同时他们手挽着手，急匆匆地赶路，要到莱克斯大舞厅去参加除夕夜的舞会，那是他们每一个人的第一次舞会，前途如何尚未可知。

① 在美国俚语里 immemoriam 也指梦中见到的人，但梦醒之后才知道这人原来已经死了。

三

与此同时，在马路对面一直与他们一样朝同一个方向走着的是萨萨·沃里塞尔，要不是长了一个大而突出，俨然像脑积水患者的下巴，而且又矮了六英寸，他完全可以做维尼·贝尔格拉克的法裔加拿大人笑呵呵、面如刀削似的兄弟；他也是跟这一帮人一块儿的，不过他颇像习惯于一伙人长途跋涉似的，这一会儿独自一人跑到了马路对面的人行道上，去思考，去按照自己的方式伸伸腿，不时地还对他们说上几句话，但是又听不清他在说什么，其实他是在说“一帮子蠢货”（用法语说就是，gange de baza）或者“呜，瞧那些漂亮姑娘，从那边屋子里出来了，嗨，”这样的话。

萨萨·沃里塞尔是这一帮人里面年龄最大的，是因了维尼的邀请在最近才加入进来的，深受欢迎，其他人本来也是将信将疑，或者说也不只是将信将疑，因为他是这么一个大傻瓜，什么笑话都会说，主要的笑话是，“维尼说什么他都会干，随便什么”；他加入这帮人带来了新内容，那就是女孩子的事以及关于性这方面的事，他什么都知道，而且都是来自直接的经验。他的面貌也是一样地瘦削而且老是乐呵呵的，也像维尼那样英俊，但是个子很矮，罗圈腿，样子很滑稽，一双贼溜溜的眼睛，大下巴，鼻子有炎症，老是在那里哼哼；还老是当着旁人的面手淫，他约摸十八岁；然而他身上有奇怪的天真，傻乎乎的有点可爱，而且他那个样子可能智力确实有点迟钝。他也有一块白丝巾，一件黑色轻便大衣，脚上穿的是胶鞋，头上不戴帽子，有意在两英寸厚的雪地里走着，去参加他提议的舞会；那是在望湖大街上一处地方，森特维尔区的一间屋子，那里一个成年人的晚会才刚开始，这些孩子是从 G. J. 家和扎格家的最后集合地点出发去找萨萨的。这样一来迈开双腿走路、脸上红通通的非常兴奋更像是过节了；当时谁家都没有车，到了那年的夏天才有汽车。“On va y'allez 咱们两条腿走吧！”萨萨大声道。此时萨萨·沃里塞尔捏了一个雪球，朝他的拥护者维尼扔去。“哎，维尼，到马桶上去坐下来，闭上嘴巴，要不然我要把你的两条腿都扯下来……”他在马路对面带着傻笑轻声说，别的人听了都感到有趣。G. J. 跌跌撞撞站起来听到这个话，伸出手来，“嘘”了一声，一面低声说，“听他在想些什么？……萨萨这家伙！”一面穿过马路抓住萨萨的肩膀，把他甩到一堆积雪上，而萨萨面对这样的粗暴行为不知所措，焦急地大叫“哎！哎！”他的缝制精巧的大衣和丝巾全都浸泡在积雪里；别人都跑过来将他胡乱地推过来推过去，最后他们将萨萨抬起来扛在肩上，一边走，一边沿着里弗赛德街大叫。

此时他们已经走到了一个木篱笆后面陡峭的草坡，靠近一个酷似石砌城堡的地方，还有塔楼，高高地俯视着里弗赛德街。草坡上面有一堵石墙，依峭壁修建，在黑夜中呈白色，干枯的残存葡萄藤在雪中垂挂着，还有晶莹的冰凌；就在这峭壁之上有三座房子。中间一座是 G. J. 家的。这些都是那种普通的古老加拿大法式两层木结构住宅，有活动晾衣架，长木板，像旧金山的住宅在北方的浓雾中忍受着，厨房里是昏黄的灯，屋子里非常幽暗，隐约中可以看到壁橱门上挂着一个宗教日历或者一件外套，还有既蹩脚又家常又有用的东西，而对于不知道除此之外还有别的要求的小子们来说，这就是人生的居所。G. J. 家的屋子就坐落在这里，高高在上，俯视着里弗赛德街两边的巨大树顶，遥望河对岸一英里以外的城市；他家的厨房挡不住暴风雪，在暴风雪肆虐的日子里，远景模糊，风雪吹得树木敲打着窗子噼啪作响，人们穿着旧鞋套，站在阴冷泥泞的门口，用一团报纸堵住一股股冷风，然而严寒无孔不入，从门下面的缝隙里呼呼地钻进屋子……有暴风雪的日子里孩子们不用上学，又不是除夕那样的重大日子，G. J. 两条长腿踩着他母亲铺的地毯，嘴上咒骂他降生的那一天，而他的妈妈，一个希腊老寡妇，十五年前死了丈夫，至今依然悲痛不已，坐在靠着颤动的窗前的摇椅上，膝头放着一本旧希腊语圣经，心里想的只有那无限的悲痛和伤心……在G. J. 和这些小子们急匆匆地赶路到舞厅去的时候，他抬头看见了这座屋子，一见这座房子心里就有一阵酸痛……“我妈妈还没有睡吗?”他心中纳闷——有时候她就是发出一声声听了叫人觉得怪可怜的长长的哀号，悲叹她一生的苦难，一声声唱着哀歌，而孩子们听见了每一句话，在羞愧和痛苦中耷拉着脑袋……。“雷诺还在家吗？……她会带她去找那个讨厌的女人吗？……啊，上帝，我有时候想，我生下来就是要为我那个可怜的老母亲担忧，一直担忧到我的两条腿入土那一天为止，没有人来救我，把我拉出来——里戈泼洛斯家的最后一名，elas spiti 的里戈泼洛斯……ka，re,”他在心里用希腊语在诅咒，感到非常地痛苦，手在大衣里拧着自己的大腿，火辣辣地作痛，然后从大衣口袋里抽出双手朝着别人伸开手指头，伸出舌头咬牙说，“thou，thou，thou，……你们都不懂!”他感到自己在对着大雪嚎叫，对着他家屋子后面二十英尺高的石墙嚎叫，而屋子都是黑暗、悲惨的窗子，只有厨房里亮着一盏默默无语的昏黄的灯，这盏灯让你看到的也只有死，而且自从他的母亲点上一盏油灯开始守夜到现在，就说明了这一点，现在夜深了她还坐在厨房靠炉子的小沙发上，膝头盖着一条薄薄的床单，而她这时是尽可以到她自己的房间里去睡在床上的。……“那房间太暗了，”G. J. 伤心地说道，而他妈妈常管他叫古斯，或者叫他洋尼，有时候她爱叫他当中的那个名字，就叫他洋尼，所以邻居们常听见她在血色的黄昏叫他来吃准备了猪排的晚餐，“洋尼……洋尼……”那是别的伤心人的“方块杰克”。这时古斯转身对着他最好最真心的朋友，他管他叫扎格。

“杰克，”他挽住他的胳臂，这一帮人都停下了脚步，“我妈妈厨房里的那盏灯你瞧见了吗?”

“——我知道，古斯——”

“——那就是说一个老妇人今天晚上又坐在那里等，可是这个臭小子，这个兔崽子，还要跑出去，扎格，就是要到外面去找一点乐子，”——他的眼睛在流泪——“可是就不肯祈求上帝的仁慈，还有慷慨，叫什么来着，扎格，只要说，‘古斯，古斯，可怜的古斯，只要向天使祈祷，向我祈祷，我就能确保，古斯，你的可怜的妈妈就——’”

“——啊，拿气来给我送气来!”萨萨·沃里塞尔大声道，他突然间变得这么聪明起来，连劳颂都放肆地咯咯直笑，别的人都听见了，但是没有在意，因为都在听古斯一本正经地诉说他内心的苦恼。

“——我的内心只能够平静一忽儿工夫，明白我母亲的心愿——杰克，她不过是一个老妇人而已——你的父亲没有死，你不知道，家里有一个死了老伴的老寡妇是个什么滋味，就像你家的老爸整日唠叨的艾密尔·杜洛兹那样的老伴，进门就跷起一条腿，在脸颊上轻轻一吻，这是多大的安慰，让老妈，让我这个儿子感觉到，‘我有一个老爸，他下班回家了，他是一个爱寻衅闹事的老疯子，谁也看不上他，’可是扎格，我现在怎么样——只有两个姐姐，我的大哥死了，我的大姐嫁人了——你知道，就是玛丽——她的话曾经是我老妈……最爱听的——只要有玛丽在家，我就不用像现在这么担心了——啊，一点都不用担心——哥们，我在你们面前倒苦水？那是要你们大伙都知道我的心都碎了……只要我在这世上活一天，我就会被链条困在伤心泪水的汪洋里，一想起我的可怜的老妈，穿着那一身旧丧服，我的双脚就已经湿透了，扎格，她是——她是在那里等着我回家！她老是在那里等我回家！”这一帮人情绪异常激动。“问扎格吧！清晨三点钟，我们大伙在街角小店漫无边际地吹牛聊天，要不就是大家在街上抽烟，随便问候相互打招呼，”（他一面说一面挥舞着一只手，他是那样急切，口齿不清，又滔滔不绝说个没完，他的皮肤几乎是橄榄色，黄中带绿的眼睛，那样认真紧张，仿佛是在古代东方的集市或庭院里发生的情形）——“我们大伙在这里，可是，什么也没有发生，还不算晚，可是，我的老妈在那里——窗口亮着灯，我的老妈坐在那里，等我——她睡着了。我从厨房里进去，轻手轻脚的，不吵醒她。她醒了。‘是洋尼吗？’就像哭一样轻声喊道……‘是我，妈，洋尼——我跟杰基[1]·杜洛兹出去了。’——‘洋尼，怎么这么晚才回家，叫我担心得要死？’‘妈，我知道很晚，可是我对你说过我没事的，就到糖果店那边去了，’结果我不耐烦了，清晨三点钟朝着她大声嚷嚷，她什么

---

① Jacky，Jack（杰克）的昵称。

也没说，我平平安安回家她就放心了，她不声不响地走进她那黑洞洞的房间去睡觉，天刚蒙蒙亮又起身为我做麦片粥，让我吃了上学去。你们大伙都知道我就叫疯耗子，”他最后又一本正经地说。

杰克·杜洛兹伸出胳臂挽着他，然后又迅速松开。他竭力装出笑容。古斯两眼望着他，看看是否听明白了他的悲伤。“你依然是最最出色的右翼外场手，”杰克说道。

“一个出色的替补投手，耗子。你们见过局终的时候他挥手的样子吗?”他们一帮子人又向前走的时候，劳颂走过来挽住他的胳臂。

“哦，”古斯说道，“这可是一件高级……轻便大衣。你们都看不懂。妈的！听我说，听我说，先生们，妈的——我再也不想说什么了，我只要那个装在银制瓶子里的香槟酒，你们叫它什么来着——很大很大的威士忌加饮料的细颈瓶——汩汩地灌——G·J·里戈泼洛斯还没说住嘴的时候，整个世界都从我这个嘴巴窟窿里灌下去了！”

他们一帮子人狂呼起来；他们走到了波塔基维尔的大岔路口，里弗赛德街和穆迪街的拐角，随着绕过弧形街灯和在黄色公共汽车上纷纷扬扬飞舞的雪花旋转，他们所有的人在人行道上隔街道别。

四

斯科蒂·博尔迪欧和他自己的母亲相依为命住在里弗赛德街的右侧，那是一幢木结构的经济公寓房，他们家在三楼，你爬上房子外的木头扶梯到三楼，这扶梯就像梦境里的扶梯一样，因为一级级的扶梯是从底下大片十英尺高的灌木丛中伸出来的，然后你摇摇晃晃踏上简陋门廊的梯子，耳边听得一脸好奇的法裔加拿大女人一面脸朝你看着，一面嘴上却对别的女人大声说话，“啊哟，贝兰治太太 a tu ton 衣服都洗完了吗?”斯科蒂有他自己单独的一个房间，他就在这间房间里认认真真地用红笔记下夏季棒球队的安打率，数字写得不能再小了，字母也很小；要不就坐在深褐色的厨房里，手捧一份《太阳报》[①]，翻阅体育版。当时还有一个小弟。还有一个现已去世的父亲。那是一个握着粗大的拳头、表情严峻的人，他早晨迈着吃力的脚步去上班，就像犹太传说中的泥人顶着浓雾越过大海去完成他的使命。斯科蒂、G. J. 、扎格、维尼都是一支夏季棒球队、一支冬季棒球队和一支战无不胜的秋季橄榄球队的重要成员。

劳颂家住在里弗赛德街的另一头，就在他们出发的那个方向，从沙洲的沙滩边上的希腊人糖果烟杂店出发，在半山腰上，是一排排平房中的一条欢乐的大街。高大古怪的劳颂的父亲是一个高大古怪的送牛奶工人。他高大古怪的小弟与做坚信礼的同龄小孩子一起在教堂里参加连续九天的祈祷式。到了圣诞节，劳颂家有一棵圣诞树，还有圣诞礼物；G·J·里戈泼洛斯家也有一棵圣诞树，但是从他家黑暗的窗口见到的是病病歪歪、枝叶稀疏、始终是耷拉着的样子；斯科蒂·博尔迪欧的母亲就像丧事承办人一样，在铺了仿漆地毯的客厅里支起一棵圣诞树，旁边摆放了花瓶。大个子扎格家是一个典型的法裔加拿大家庭，因此，他们家屋子里有圣诞树、圣诞礼物、窗饰、彩色纸屑……

---

① 亦即“洛厄尔《太阳报》”，创办于1867年，始为周报，1892年改为日报，凯鲁亚克曾担任该报体育记者。据2011年统计，日平均发行量为42 900份，日报价75美分。

维尼·贝尔格拉克家住在河对岸的穆迪街，是一个贫民窟。杰基·扎格·杜洛兹家离现在他们停下脚步的岔路口不远。岔路口有交通灯，把雪地照成一片玫瑰红，照成一片花环形的翠绿。街边两个拐角处，木结构经济公寓房的窗口大都亮着红和蓝的灯光；他们屋子的烟囱里也冒出了节日的气象；人们在楼下铺有沥青的院子里，头顶着飞雪，站在晾衣绳子下面聊天，说话声发出回响。

杰基·杜洛兹家在街的另一头，离这里几个门面，在另一个街角，那是波塔基维尔区的中心商区，似乎始终是最热闹的地方，这里是便当午餐集中地，在地滚球场地、弹子房的对面有公共汽车站，又靠近很大的肉类市场，街道两边都有空地，冬日黄昏时孩子们在深褐色的杂草中玩游戏，此时月亮刚刚升起，月光清纯、遥远，呈现从未见过的惨白，仿佛它已经冻结了，又涂上了蓝灰色。他和他的母亲、父亲和姐姐同住；他有一间自己的房间，从四楼的窗户可以看到大片大片的屋顶，以及在无数洁白的星光映照下，当昏黄的万家灯火显现时，可以看到冬夜的闪烁——那星星是北方清明的夜空不计其数的悬挂着的冻结的眼泪，一月里的银河就像银白的太妃糖，静止不动的严霜白幔，巨大而闪烁，随着时光与宇宙的生命力的缓慢搏动而跳动。在杜洛兹家，从厨房的窗口可以看到底下耀眼杂乱的街景；而在屋子里面，洁白的餐桌桌布上放着盛了许多食物、酒菜、苹果、橘子的碗，干净的烫衣板靠在擦得锃亮的门的后面，还摆着菜橱，里面一个个小碟子里放着昨夜剩下的爆玉米花。在阴沉沉的午后，杰基·杜洛兹匆匆地赶回家，十一月、十二月里还是满头大汗，在阴沉沉的厨房的餐桌上就座，手捧一本棋谱，一边整盒整盒大嚼涂了花生奶油的高档里兹薄脆饼干。晚上他高大的父亲艾密尔回到家里，摸黑在收音机旁坐下来，不停地咳嗽。他从厨房开门跑到厅里，然后急匆匆地下楼去找他的朋友，他走的是公寓楼房间正面的楼梯，那通常是父母陪着客人以及每逢庄重肃穆正式的场合才用的——屋后的楼梯太暗、太脏，仿佛灰泥抹得稀稀拉拉的，今后有一天他会在回忆懒散、失落时光悔恨的梦中，记起这些一级级的楼梯……梦中 G. J. 的身影落在街头一截陶瓷一样的断腿上，就像表现出强烈刺眼迷茫的现代绘画……在一九三九年，还不懂世界会变得疯狂。

就在交叉路口，走过来很多人，他们在雪地里哇啦哇啦地说话。比利·阿陶德大步流星地走过来，他步子急促，长长的腿，挥动的双臂，牙齿雪白锃亮；他是棒球队的第二守垒员；在过去几个月里他突然变得成熟了，已经到了步履匆匆、去见确定了恋爱关系的女孩子，到市中心电影院去参加新年晚会的时候了。

“瞧，是比利·阿陶德！哇，德雷克特猛虎队真棒！”维尼大声嚷道，但是比利还是自管自赶路，他已经迟到了，他是看到他们的。

“啊，我说你们都在干什么呢？——差不多十点了，已经长成大人了，你们这个时候还在马路上瞎溜达，我嘛，我有女朋友了，再见，孩子们，”——比利·阿陶德也叫“好家伙”——“好家伙，瞧古斯·里戈泼洛斯外套上落满雪了！”他嚷道，不屑一顾地挥一挥手。“让他去做夜猫子吧！”他嚷道，消失在纺织研究所和大片雪地旁边长长的马路上，融入穆迪街桥和市中心的灯光里，许多人在朝市中心走去，许多汽车轮胎上的防滑链在积雪上哗啦哗啦地朝市中心滚动，汽车的红色尾灯在雪地里照出漂亮的圣诞节红光。

“瞧，那是伊迪儿！”他们都大声叫起来，因为在昏暗中出现了乔·比索内特的高大身影，他一见是他们几个人，就耸起两个肩膀，并且在两肩之间伸出下巴，装出可怕的幽灵的样子，蹑手蹑脚地走过来。“大水妖来了！”

“呜呜！”乔招呼道，一边仍旧僵硬地摆出他的“水妖”姿势，模仿三十年代查尔斯·比克福[①]影片里海盗的庞大身躯，模仿卡通画里隆起双肩的高大的费根，模仿拿着吗啡针头追逐查理·卓别林的彪形大汉，但是他的模样是现代的，他头戴一顶遮住眼睛的棒球帽，双拳紧握，嘴唇噘起，露出大门牙，俨然是要跟人打一架的样子。

这帮人中走出杰基·杜洛兹，也摆出一样的姿态，隆起肩来横行，脸抽搐，眼直瞪，拳头紧握；他们面对面，鼻子顶着鼻子，因为要保持这样的姿态，两人直喘粗气，牙齿几乎要碰到一起了；他们曾经一起度过无数个滴水成冰的冬夜，在摔跤和角斗比赛之后，看完童年时代的电影之后像这样一起回家，在零度以下的天气里嘴上吹着泡泡，因此人们带着在黑夜里无法抑制的不信任感看着他们，总觉得伊迪儿·乔和扎格从马路上走过来要大闹游戏厅。是新英格兰之夜捕鲸城马路上大作家梅尔维尔式的梦境……古斯·里戈泼洛斯曾经一度完全控制和指挥着伊迪儿的情绪，他是一个宽宏大量、头脑单纯的人，但是力气很大，抵得上两个大人；古斯在他面前会像巫医一样手舞足蹈，两眼圆睁，在夏日的公园里，伊迪儿会和蔼地假装嘴角流涎直到真的口水挂下来，遵照他的意思装得完全像一个木讷的人的样子，他听从古斯的吩咐盯住扎格，在天黑以后的墓地里穿过少年恐怖场面的丛林，一边像犀牛一样咆哮一边紧追

---

① Charles Bickford（1891—1967），美国影星。

不舍；在这一帮人中有一个经久不衰的笑话，只要 G. J. 说一句话，力大无比的伊迪儿连杀人的事也会干。不过现在他们之间的关系有一点冷下来；伊迪儿有了一个女朋友，现在就是要去见她，“她名字叫丽塔，”他告诉他们说，“你们不了解，她是一个很好的女孩，家就在那边，”他伸手指指前面，他，离这里两个街区远的一个热闹大家庭中一个高大个子、红脸颊、身体强壮的法裔加拿大乡下人的儿子，他说话的语气很朴实。在他的脑袋上飞雪堆积了奇妙的小小一圈……他的头发梳得油光锃亮，沾沾自喜的健康的大脸，在黑围巾和新英格兰冬日裹得暖暖的大衣衬托下，显得饱满而丰润。“伊伊伊迪儿！”他又说了一遍，意味深长地朝大家看了一眼，抬腿走了。“再见啦——”

“瞧他那样，妈的伊迪儿，你们瞧见过他从学校放学回家的样子吗——”

“嗨，耗子，闲话少说，你听见杰克说的话了吗？每天酒窖小餐馆开门，铃已经响了，大家都回到自修教室里，第一个从学校出来，伊迪儿是头儿，你瞧他，就像梦里一样他乘机离去，走远路，迈着伐木工那样的大步，穿过草地，穿过人行道，穿过运河桥，穿过便当餐饮店，穿过市政厅，此时从酒窖小餐馆走出第一个高级中学来的常客，后面是吉米·迈克菲，乔·里格斯，还有我，都是铁杆哥们，在伊迪儿后面一百码的地方——”

“伊迪儿在穆迪街走了一半路，他不但想尽快回去做家庭作业，因为要花六个钟头才能完成——”

“——他迈着大步飞快地走过银星酒馆，走过女中门前的那棵大树，走过雕像，走过——”

“——好了”——（劳颂和扎格这时争先恐后抢着要把这些情况说给 G. J. 和所有其他人听）——“要六个钟头才能完成他的家庭作业，可是晚餐之前他还要吃下三个汉堡包，还要跟他的妹妹苔丽玩六盘核桃游戏——”

“——随便哪个伊迪儿都没有工夫闲逛，没有工夫在学校大门口抽烟聊天，不可能让乔·梅普尔瞧见去报告校长，伊迪儿是最诚实、刻苦、生平从不偷盗的美利坚合众国的好学生，走在穆迪街上领着大家回家……他后面远远跟着的那些女生，一眼望去尽是五花八门的印花头巾呀香蕉[①]呀……”

“——伊迪儿真是个好家伙！瞧他在雪地里走路的样子。”G. J. 接过话来说道，伸手指着他。“瞧，现在雪把他的屁股也遮起来了……伊伊伊迪儿呜呜宝贝儿呜呜真是社会的栋梁，人类的精英，是——一点不假，要是我们会被拯救的话，他就是上帝的这个绿色星球上最优秀的孩子……上帝啊，在我们死去之前，赐予我们一点安宁吧，”G. J. 最后说道，一面划着十字，而大家都从眼角斜睨着他，等待着紧接而来的大笑。

灿烂欢乐的街角在十五分钟的间歇里成了他们的天地，凭借着他们在故乡岁月里洋溢的青春活力，站在那里闲聊。“扎格你在说什么呢，”G. J. 问道，猝不及防地抓住扎格，夹住他的脑袋一把将他按下，抓乱他的头发，大笑道。“扎格老弟，他从头到尾都站在那里，一脸的笑容……扎格你真是个乖孩子——斯科蒂在发牌的时候也没有像你这么多的金牙，你那样荒谬反常，老是神色沮丧，从

---

① 英文“印花头巾”（bandanas）和“香蕉”（bananas）拼写和读音极相近。

你的眼神就可以看出你就是扎格，这话一点都不假，扎格……就凭这一点，呃，呃，”他把腿抬了几下，做出下流动作，“我要把你的脖子再勒得紧一点，勒得你向伪装的洛厄尔怪人土耳其希腊人G. J. 求饶，决定松手饶你一回——退后，先生们，我要叫扎格·杜洛兹彻底下跪——”

“喂，六千个小孩子在德图什店里买光了所有的甘草糖和卡拉梅尔奶糖——里边有可以嚼的果仁——好玩……仔细想想人生也真怪——所有的小孩子在布瓦韦尔杂货店里排队买豆子，在星期六夜里，顶着凛冽的寒风，喂耗子松一松手，”扎格被夹住了脖子还在下面说话。他们六个人全都直挺挺地站着，萨萨滑稽好笑地像一只猫那样尖叫；维尼突然间大笑起来拍打着虱子，用洪亮的声音高声大叫“比利时好小子劳颂，你这家伙”；斯科蒂心里在想，“你认为他们会借给我钱在虚线上签字，这样明年夏天我就可以买到那辆车了，绝不可能，”杰克·杜洛兹笑眯眯的，在他的脑海里想象天地间是一片金光灿烂，他两眼闪耀；耗子里戈泼洛斯不住点头，终于认定一切事物结局都会非常伤心；而阿尔贝·劳颂，明智、沉默、令人惊讶，悄无声息地从牙缝里吐出一小片干雪似的唾沫，庆贺大家都安静下来了，不管有他们没他们，在场的和不在场的，小孩，老人，最可爱的人；六个人都站在那里，终于都安静下来，直挺挺地站着，观望着他们的人生广场。从来没有梦想。

五

我，可怜的杰克·杜洛兹，从来没有梦想过灵魂已经死了。从来没有梦想过恩典是从上天降临，带来恩典的使者……这些道理没有一个有名有姓的神学家会告诉我；我的第一张和唯一的一张皮囊里也找不到一个例证。从来没有梦想过爱恋与生俱来，爱恋是死亡的表亲。从来没有梦想过唯一的爱恋只能是初恋，唯一的死亡只能是最后的死亡，唯一的生命在内心，而唯一的话语……永远哽住了。

那是在舞会上。在莱克斯大舞厅；吹着穿堂风的门厅里有人在伺候，那里有一扇窗，有衣帽架，新雪抖落在地板上；脸颊通红的姑娘，英俊的小伙，男生的鞋后跟啪嗒啪嗒地响，女生穿着高跟鞋，三十年代的短裙露出性感的双腿。我们这些乳臭未干的少年怀着敬畏之情脱下大衣，拿好铜牌，六个人一齐走进大舞厅的嘈杂声中，心中既有恐惧，又有无名的悲哀。乐队已经就位，是一个年轻的乐队，是一些十七岁的乐师，有大提琴，有长号；一个年长的钢琴师；一个年轻的指挥；乐队奏起了一首情歌的悲伤曲调。“手中香烟的袅袅青烟空中弥漫……”① 舞者上前，找到舞伴，开始起舞；地板上撒了滑石粉；灯光在有楼座的舞厅四周打出斑点花纹，年轻漂亮的姑娘在楼座上坐着观看人们跳舞。这六个男孩子到了门口站在那里犹豫不决，幼稚可笑，样子傻乎乎的；他们羞怯地面面相觑，笑着给自己壮胆；这一帮脚步迟疑的男孩开始沿着墙壁往里走，走过在舞厅里作壁上观的人，走过冬天冷飕飕的窗户，走过一排排座

---

① 这是美国著名歌手、电影演员弗兰克·西纳特拉（Frank Sinatra，1915—1998）演唱的一首歌《我深深沉浸在梦中》的歌词。歌词第一节四句为：“我在椅子上坐定，灯光开始暗淡/手中香烟的袅袅青烟空中弥漫/卧室的四壁已消失得无影无踪/我深深地沉浸在关于你的梦中。”

位，走过硬衣领、华而不实的别的一帮子男孩子；穿过突然冒出来的一群跳吉特巴舞的人，他们留长发、穿瘦腿裤。一个悲伤少女在打着斑点花纹灯光的舞厅里旋转起舞，唱着爱恋与死亡……“卧室的四壁已消失得无影无踪，我深深地沉浸在关于你的梦中……”

我们认识的一个跳吉特巴舞的小伙也在那里。那是家住奇弗街的怀迪·圣·克莱尔，留长发，穿瘦腿裤，浓眉毛，一副奇怪、严肃而有趣的神情，五英尺高，两个眼睛下面是引人注目的放荡眼圈。“哦，吉恩·克鲁帕是世界上最疯的鼓手！我在波士顿见过他！他真是登峰造极了！喂，你们都得学学吉特巴！注意！”他的矮个子男舞伴是恰米·科瓦尔，他的个子还要矮，模样更加怪，更加惹眼，扣了纽扣的翻领差不多比他整个身子还要长，他们拉起手，在地板上蹬几下脚后跟，敲打了两下给我们看。

我们这一帮子人：“多么有趣的人！”

“绝顶舞迷！”

“你们听见他说什么了吗？十六个金发碧眼的女孩昏厥了！”

“这么跳舞多新鲜——但愿我也会！”

“喂，我们去认识几个姑娘，叫她们坐到沙发上来聊聊，伙计！”

“我们跟她们抽大麻烟卷，做一回浪荡子，伙计！怎么样？”

怀迪把我介绍给了玛吉。“我是花大力气来哄这个女子的！”我见到她了，她站在人群中，孤苦伶仃的，很不高兴，郁闷的样子，很不自在。我们俩半推半就地被拉到了一起，手挽着手到了舞厅的中央。

玛吉·卡西迪——这个名字在当时一定就是“黄金屋”——可爱、深肤色、像桃子一样色彩艳丽——就像一个非常伤心的梦一样，只觉得朦朦胧胧——

“我看你心里边在纳闷，一个除夕夜的舞会上，一个爱尔兰姑娘，要是没有人陪着，到底会在这里做什么，”她在舞厅中央这样对我说；我对她说，我是笨蛋一个，过去只跳过一回舞，那是跟我中学的女友波琳·科尔跳。（“她会吃醋的!”我想到这里就很得意。）

我当时不知道该对玛吉说什么，就把舌头死死地困在嘴巴里，不张口。

“哦，你说话呀——不是吗，怀迪说你是橄榄球队员。”

“怀迪?”

“就是介绍我们俩认识的怀迪，傻瓜。”

人家骂我傻瓜我听了反而高兴，仿佛她是一个小妹妹——

“你们踢球常常受伤吗? 我哥哥罗伊老受伤，所以我不喜欢橄榄球。我看你是很喜欢的。你有一大群朋友。他们看上去都是一些很好的人——你认识洛厄尔高级中学的吉米·努南吗?”她很兴奋，很好奇，爱打听，像个女人；不过她会突然间爱抚我，比如，这才刚开始认识，就抚摸我的领带，帮我整理起来；或者把我没有梳理伏贴的头发往后捋；像个做妈的人那样，是一瞬间，对不起。那天晚上回家之后一想到她我就握紧拳头。因为刚发育成熟，她裙子的肩带里面的肉鼓鼓的，很结实；她的嘴噘起，柔软，丰腴，红润，她的黑亮卷发装点了她有时像雪一样柔和的额头；她那两片嘴唇透露出玫瑰花似的香气，暗示着她一个十七岁姑娘的健康和欢乐。她站着的时候是一条腿用力，像一只西班牙猫咪、一个西班牙卡门那样，懒洋洋的；她转身的时候甩动浓密的头发，迅速投来会心和抱歉的一瞥；她自己对着镜子整理项链；我茫然站在她的身后看着她，想着别的事儿。

“有过女朋友吗？”

“读初中的时候——波琳·科尔是我的女朋友，午后打第三次铃响以后我就在钟楼下等她——”伊迪儿急匆匆地赶回家这件事在我现在的头脑里已经是遥远的新闻了。

“你就直截了当跟我说你有过女朋友！”她说话时见到的牙齿我起先也不觉得漂亮；她略显双下巴的娇媚，假如男人们能理解的话……那不知其名的带酒窝的下巴，非常美，而且是西班牙式的——嘴唇上翘，略微分开的牙齿增添了给人以快感、淹没一切、吞噬一切的双唇的魅力；所以最初你看到的就是珍珠一般的皓齿——

“你可能就是忠厚的男孩子——你是法裔加拿大人对吗？我敢打赌所有的女孩子都喜欢你，我敢打赌你会有大出息的。”我长大了会在野地里顶着雨雪行走；当时并不知道。

“哦——”我脸红起来——“不一定的——”

“可是你现在只有十六岁，你比我小，我十七了——”她默默沉思，咬着鲜红的嘴唇：我的心灵开始第一次深深地、陶醉地、迷茫地深入她这个人；就像沉浸在一种凯尔特式的、施行了妖术的、星星一样的巫婆煎药里。“这样一说我就成年了，哈哈，”她大笑着说出了让人无法理解的她自己女孩子的笑话，而我用硬邦邦的手臂挽住她柔软的腰肢，在除夕夜的气球底下，戴着绉纸做的花式帽子，搂着她跳起拘谨无声的舞步，美国和世界就像是雪天里的万圣节前夕，是一片橘红和黑色，我沉默无语，按着节拍咽下我的无知和姿势的拘谨——观看我们跳舞的人看到姑娘羞怯、漂亮、戴着很小的发套脸变得很小，但是靠近一点去观察，脸部的精致则像浮雕的侧面，但是眼睛却不黯淡，可以看到美貌中的敏锐目光；而男孩子，即我，杰基·杜洛兹，人人称赞的乖孩子，学校田径队队员，有和睦相处、信任他人的好心肠，对于一切非法裔加拿大人、非部分印第安人的事物，都略带法裔加拿大人、部分印第安人的疑心——一个乡巴佬——从我的双臂就可以看出——他们看到这个男孩子头发梳得光光的，尽管不是有意地梳理，他还是个孩子，突然间长成了一个大人，举止拘谨笨拙，如此等等——严肃认真、蓝眼睛、心事重重的乡下孩子的表情，穿着领尖有纽扣的运动衫坐在高级中学的灰暗的教室里，摄影师给举行年级集会的学生拍照时不会在头发上抹水的人——一对男生和女生，手挽着手，那就是玛吉和杰克，在人生悲哀的舞厅里，已经垂头丧气，嘴角露出泄气的样子，双肩耷拉着，双眉紧锁，心里已经有预感——爱情是苦涩的，死亡是甜蜜的。

六

康科德河流经她家门前，七月的黄昏，马萨诸塞街的女人们坐在门口木头台阶上，拿报纸当扇子扇风，河面上倒映着闪烁的星星。萤火虫、飞蛾、新英格兰夏夜的昆虫扑在纱窗上，一轮金黄的明月挂在麦克英纳尼太太家的树梢，而且显得很大。小个子奥代膝盖伤痕累累，正赶着大车沿着没有铺石板的坑坑洼洼的路面，颠簸而来，街灯在他晚归的小个子身影上投下一圈昏黄的光环。河面上星光的倒影是那样的寂静、柔和。

康科德河是沙堤、铁路桥、芦苇、牛蛙、印染厂群集的地方——白桦林、谷地、冬天梦幻般的皑皑白雪——而现在到了仲夏的七月里，在向着下游梅里马克河流淌的康科德河上星空辽阔、晶莹闪烁。火车轰隆隆地从桥上驶过；桥下的河里儿童们与大人挤在一起，光着屁股游泳。火车驶过时机车火光通红，通红的火光照亮了小小的人影。那是玛吉，那是小狗，那是小小的篝火……

卡西迪一家住在马萨诸塞街三十一号——那是一座木头房子，七间房间，屋后有一棵苹果树；有烟囱，门廊，纱窗，秋千；没有人行道；篱笆歪歪斜斜的，六月里到了晌午时分高高的向日葵就靠在这篱笆上，像用手推车玩耍的婴儿那样享受着忽冷忽热的陶醉。父亲詹姆斯·卡西迪是爱尔兰人，他是在波士顿和缅因州铁路线上跑的火车司轧员；不久做了列车长；她的母亲，先前姓奥肖纳西①，一对鸽子的眼睛，一张虽说现在早已转变为关注生活的脸，却依然还是充满了爱的脸。

大河在风光旖旎的两岸之间流淌，到了这里河面变窄了。放眼望去矮平房随处可见。西边那是制革厂。小杂货店外边都有木板篱笆，尘土飞扬的小道，路边长满了青草，中午还有几块暴晒的木柴，小铃铛的叮当声，吃午餐的时候小孩子来买波士顿夹心饼或者廉价的枕头面包；星期六清早则来买牛奶，那一天是玩耍的日子，一切都是蔚蓝的，是那样的可爱。五月里樱桃树上的花都凋谢了。到了午后昏昏欲睡的两点钟，猫咪在门口台阶上搓着身子又高兴起

① 原文为 O'Shaughnessy，亦是爱尔兰人姓氏。

来，因为卡西迪太太带着最小的女儿到市中心克雷司奇卖场购物回家了，她在路口跳下公共汽车，抱着大包小包在马萨诸塞街走过七家门面，这时女人们看到了她，喊道，“买了些什么啦，卡西迪太太？那家大商场还有没有廉价商品大甩卖啊？”

“电台里说有……”另一个打招呼的女人说道。

“你上斯特兰街头采访的节目了吗？——汤姆·威尔逊提的问题真傻——嘿嘿嘿！”

然后她们又悄悄地说，“瞧那个小女孩走路的样子一定是得了软骨病——”

“她昨天给我的蛋糕我只好都扔掉了——”

这个女人走到自家门前，太阳已经照得火红了。“这个玛吉到哪儿去了？我跟她说了十几遍，我要她把洗完的东西在我回家前都晾出来，哪怕是到了十一点钟——”

大河在晚上照样流淌，神圣的水面上映照着惨白的星光，有的像面纱深藏在水底，有的像鱼儿在水面游弋，原先是玫瑰红的明月，现在高悬在空中是明亮的乳白，它将银白的光深深地投入黑黝黝的河里。就像在悲哀的梦中一样，在路灯的下面，踩着没有铺石板的泥路上的坑坑洼洼，父亲詹姆斯·卡西迪回家了，手里拿着午餐盒和提灯，一脚高一脚低地走着，脸色通红，走进门来吃晚餐，然后睡觉。

门砰的一声关上了。孩子们冲出门外，最后再玩一会儿，做母亲的都在厨房里乒乒乓乓地忙碌着，你在树叶沙沙作响的果园里，在炒爆玉米花的声音中，在绿树浓荫生成的凉风送来夜的叹息声、歌声、嘘嘘声中，也听得到这样忙忙碌碌的声音。在这条街的前前后后发生了无数的事儿，深沉的，可爱的，危险的，华丽的，栩栩如生的，像星星一样闪烁；一声汽笛的长啸，一声微弱的吼叫；洛厄尔从屋顶溢出，流向四方；河上的轰鸣声，夜晚野鹅的呼叫声，钻入水中的泥沙和水花里；哗哗作响的凹处和潺潺的流水，以及岸上可爱的神秘，黑暗，始终是黑暗，大河狡猾、看不见的嘴唇在细声亲吻，吞噬了夜，偷走了泥沙，偷偷摸摸地。

“玛——吉！”铁路桥下孩子们游泳的地方传来了他们的喊叫声。一列火车拖着一节节长长的车厢仍旧在轰隆隆地响，机车闪耀的火光照见了在河里洗澡的孩子，夜晚小小的毕加索式的马，黑暗中那样蠢笨而可悲，那是我的灵魂来了，沿着小道寻找原先的东西但是现在已经不见了，没有了，失落了——爱的阴郁。玛吉，我心爱的姑娘。

七

冬夜的马萨诸塞街是凄凉的，冷得地面都冻住了，车辙和坑坑洼洼的地方都结了冰，薄薄的积雪从高低不平、黑乎乎的裂缝上滑落。大河冻得严严实实，滞留了；牢牢抓住河岸，而岸上只留下残存的六月的光枝条——溜冰的，有瑞典人，有爱尔兰姑娘，有喊叫的，有唱歌的——人们拥向闪烁的星空底下白茫茫的冰层，夜空没有月亮祭坛，也没有声息，但是星星在凝重悲伤的空中，牵动长长的天索，直达科学家收集的奇异图形凝聚成的大片冰层；天幕降落在无穷黑暗即夜的冠冕之上。

玛吉就在这样的一群人中溜冰；她穿着可爱的白色冰鞋，戴着白色手笼，你发现在黑压压的一群人中，她眼睛的一瞥更显得突出：她双颊的粉红，她秀美的头发，上帝自己的臂弯造就的她的凤眼——我在二月的洛厄尔，在康科德河篝火边烘烤我穿上冰鞋的双脚的时候，不管我对玛吉了解多少，但是她完全可能就是圣母，不然就是圣女——

马萨诸塞街的街沟里堆积了脏雪，被遗弃的东西都藏到了一个个堵满垃圾的小地洞里，黑乎乎的——那一晚我接受了她无数次激情的亲吻，半夜了我还在外面踽踽独行，默默无声陪伴我的就只有这些堵满垃圾的地洞。

我坐在椅子上，她从背后低下头来给了我一个倒吻，那是我见到她以后不久的一个冬夜，当时我是在一个黑暗的房间里，坐在一个大收音机旁，收音机有一个很大的褐色跳动的调谐指示盘，维尼家也有这样一台，我坐在椅子上摇着，卡西迪太太在她的厨房里，像这个城三英里外我的母亲那样忙碌着——一样身高马大、心地善良的洛厄尔老太太，以那种女性的细致和干净利落，以及家务该如何料理的清晰条理，永远无休止地擦洗碗碟，然后放进一尘不染的碗橱里——玛吉与住在马路对面的平房里的朋友贝茜·琼斯在滴水成冰的夜里在阳台上待了一会儿，她是一个胖胖的姑娘，红头发，一脸的雀斑，但是脾气很好，她非常孱弱的小弟有时候给我传递玛吉的信，信是在上学前的一天晚上在她房间的昏黄灯光下写的，也可能是在严霜覆盖的早晨写的，写好以后就隔着歪斜的篱笆交给他，他就在平常上学的日子吃力地走上两英里路或者乘公共汽车去上学，当他两眼哭得黏糊糊地走进他的每天早晨第二节非常乏味的西班牙语课的时候，他就把信递给我，有时候还开一个拙劣的玩笑——真还是一个小孩子，不知是什么缘故，他们在火红的早晨从冷冰冰的教区学校，把他塞到中学来了，他跳了级，六年级，也可能是五年级，也可能五年级、六年级都没有读，你瞧他的样子，头戴一顶猎人布帽，上面还有苏格兰式的滑稽流苏，我们认为他跟我们年龄相仿。玛吉会把一封信放到他的长满雀斑的瘦手里，贝茜会站在厨房打开的窗子前咯咯地笑，她是趁窗子开着，放下空牛奶瓶的机会说笑话。一月里的小小的马萨诸塞街，在寒冷的早晨，在雪后玫瑰色的太阳光里，处处是袅袅炊烟，那是从一座座小屋冒出来的黑烟；在康科德河白茫茫的冻结的滩地上，我们看到了昨夜留下的篝火，那是靠近河对岸稀稀拉拉、光秃秃、浅红的芦苇里一片焦黑的灰烬；波士顿和缅因州铁道上火车的汽笛声飘过树林，一听见这呼啸声你就会打起寒噤来，然后就裹紧大衣。贝茜·琼斯……有时候她也会给我写信，给我指点怎样去赢得玛吉的芳心，这样的信玛吉也是看过的。她的话我会句句听从。

“玛吉她爱你，”等等的话，“她是深深地爱着你的，我不记得她还这样深爱过别的什么人，”实际上，她会说，“玛吉爱你，但是千万别去考验她的耐心——你就跟她说要跟她结婚这样的话。”年轻的姑娘们——总是爱笑——就在阳台上——而我则摸黑坐在起居室里等着玛吉回到屋子里，回到我坐的椅子上。我的田径运动员的乏力双腿交叉在一起。在卡西迪家的阳台我还听见别人的声音，是几个男孩子的声音，那是阿特·斯文森，我听说过他——我忌妒了，但是这不过是后来产生的强烈忌妒心的开始而已。我在等着玛吉回屋来吻我，把我们的关系正式确定下来。我这样在等她的时候，我有充分时间回顾我们的恋爱关系；第一晚我们两人跳舞的时候她对我来说什么也不是，我搂着她，她似乎很小，很瘦，很黑，身体分量不重，不很神气——只是她从事情另一面生出的奇怪、罕见的悲伤使我注意到了她这个人，仅此而已：她的漂亮容貌……姑娘们都有漂亮的容貌，就连 G. J. 也没有提起过她……她的女人气质的深邃之波还没有在我心中落定。那是除夕夜——舞会以后我们在寒冷的夜晚一起徒步回家，雪已经停了，冰封的地面上新落下的雪紧密而细软，我们一路朝南洛厄尔区和康科德河岸走去，途经长长的建筑工地发出的燃油火光，仿佛市中心的大街，也像在检阅队伍——星光下屋顶上悄悄地铺下了严霜，零上十度。"至少在阳台上坐一会儿——"我们两人之间有一点小孩子啜泣似的意会，那就是我们要将嘴唇贴在一起，亲吻，即使我们只能在室外亲吻——一想到这里在那个时候就已经让我兴奋起来。可是现在，我坐在椅子上干等，而又何必多想何时亲吻，她被我亲吻过了，这在那个时候对我来说就意味着一切。种种的气氛，无论是她的话语，情绪，拥抱，亲吻，嘴唇的触碰，还是今天晚上从椅子背后俯身的亲吻，两个乌溜溜的眼睛悬挂着，通红的两颊可爱地充血，突然间流露的温存就像老鹰展翅从背后护着，伸出双手在两边扶住椅子，就在一刹那之间，令人吃惊地她的一头浓发突然间都落到我的脸上，她的嘴唇轻轻地从上面伸过来，可爱的嘴唇往我嘴里伸了一下，一时间沉浸在一个念头里，想着亲吻，沉浸在祈求中，沉浸在希望中，沉浸在生命之吻中，而生命正当年轻，给冰凉的皮肤送去温暖和叫人眨眼的喜悦——这时候我紧紧抱住她俯下的身子，也只不过是一瞬间，我尽情享受这突如其来的亲吻，然而起初仿佛玩捉迷藏一样让我吃了一惊，所以那一瞬间我不知道是谁亲了我，但是现在我知道了，知道了一切，比任何时候都知道得清楚，她风姿绰约，从高处黑暗中降临我身边，我以为高处只有寒冷，然而她沉甸甸的双唇和胸部压迫着我的脖子和我的头部，蓦地从门外给我带来夜的清香，带来她自己在便利店买的廉价香水的香味，还有阵阵令人渴望的她身上汗津津的肉的烘香。

我将她搂抱了很久，在她挣扎着要抬起身来的时候还抱着她。我知道她这样做是为了营造气氛。她爱我。我还觉得我们两个人后来都吓坏了，因为我们的接吻持续了三十五分钟，弄得我们嘴唇肌肉都出现绞痛，疼得无法再吻下去——可是我们是应该这么做的，大家都这么说的，别的孩子，玛吉和别的人在溜冰集会与邮政局最后纳税日集会上，还有在舞会后站在门口，都“搂着脖子亲嘴”，都知道这个做法——不管个人心里有什么想法，也都这样做的——对世界的畏惧，孩子们坚持实行他们认为是成熟的和牢靠的亲吻（既令人好奇又显得像成人）——既不懂得喜悦又不懂对人的尊重——只是到了后来你才学会了把你的头靠在上帝的怀抱里，才相信爱情。在这些无法满足的长时间搂抱亲吻的背后，有强烈的性的冲动，有时候我们的牙齿也顶在一起，唾液一来一往使我们嘴巴发热，嘴唇长疱，出血，龟裂——我们害怕了。

我侧身躺着，一个胳臂搂着她的脖子，手抓住她的肋部，我吮她的嘴唇，她吮我的嘴唇。也有过有趣的紧急关头……要再进一步不可能没有打斗。过后我们就在客厅的黑暗中这样干坐着闲聊，而这时全家都已经睡了，收音机的音量很低。有一夜我听见她的父亲推开厨房的门——我当时一点都不了解从新斯克舍海上弥漫过来的漫天浓雾，漫无边际的暴风雪中的那些可怜的小屋，艰难的工作，在生活底层严寒中的工作，走在地头手提牛奶桶的悲哀男人——每天早晨太阳又是一番新的景象——啊，我爱我的玛吉，我很想得到她，带她回家，在我的余生将她藏在我生命的中心。我到圣女贞德教堂祈祷，感谢她给我的爱；我几乎已经忘记……

就让我来赞美一番我的玛吉。美腿：——连着大腿的膝盖，膝盖富有光泽，牛奶一样白的大腿。双臂：——让我满足的杠杆，让我欣喜的蛇。背：——在天国的中央在梦中陌生的道路上，一看见她的背就会叫我因喜悦而瘫坐在地上。肋骨？——她有融合而圆圆的肋骨就像一个形状匀称的苹果，从她的大腿骨到腰部我看到了起伏的表面。我就像一只迷路的澳大利亚雪雁，在她的脖子里将自己藏起来，寻找她胸部的香气……她不肯满足我的要求，她是一个好姑娘。与她在一起的是可怜的大野猫，虽然几乎比她小一岁，却居心叵测想着她的大腿，不过他不承认有这样的想法，而他在祈祷的时候也不曾说过……这家伙。我从这茫茫世界的黑暗中走来，乘船来，乘公共汽车来，乘飞机来，乘火车来，一路站着，我巨大的黑影掠过田野，我身后是机车头锅炉里通红的火，使得我在这夜的大地上变得力量无穷，就像上帝——但是我从来没有向一个微不足道的人求过爱，虽然她从此就赢得了我的心。我老盯住她的脸庞；她喜欢我这样盯着她看；真倒霉我当时不知道她爱我——我看不懂她。

“杰克——，”她说道，那是在学校里，自从我上一次见过她以后，在我们谈论了很多关于她整天一起玩的那些孩子之后，都是些无关紧要的事，是中学生娃娃谈论的事，别人的年龄啦，传闻啦，谣言啦，舞会的新闻啦，婚事啦……“杰克，将来跟我结婚吧。”

“对，对，肯定——不会跟别人结婚。”

“肯定没有别的人吗?”

“哦，还会有谁?”我并不爱玛吉嫉妒的那个姑娘波琳。那是秋天的一个晚上在一个舞会上，她看到我跟一帮子橄榄球队员在一起，我去参加舞会是因为有招待球员的晚宴，还有一场我想观看的篮球赛，男孩子喜欢的活动——我在一个角落里等舞会结束，跟一个女孩子跳舞那是办不到的，但是我把这个想法掩盖起来了——她就像年轻小伙子梦寐以求的那样，从一个角落里看中了我。她说，“喂，我喜欢你!——你很怕羞，我就喜欢怕羞的人!”然后哆嗦着、令人兴奋地拉着我走向舞池，两只大眼睛盯着我，拉着我与她一起走向舞厅中央，而且很有意思地紧抱着我，借“跳舞”的机会交谈，相互认识——她头发的气味让我觉得难受!回去的时候到了她家的门口，她面向月亮两眼望着我，说道，“如果你不愿吻我，那我就来吻你”，然后打开我刚关上的纱门，给了我一个冰冷的吻——整个晚上我们眼望着对方的嘴谈论过接吻；我们都说我们对这种事不感兴趣——“我是一个好女孩，我相信唔-唔——接吻”——颤抖——“不过我的意思是超过这个范围的事都不可发生，”——就像新英格兰的女孩子一样——“不过你的双眼很勾引人，嗨。一个我不认识的人在女军官舞会①上搂着我的腰，我跟你说过吗?”她是个女军官。

“说什么?”

---

① 1938年12月2日，星期五夜，马萨诸塞州国民警卫队第182步兵旅假洛厄尔纪念会堂举办第二次年度舞会，应邀出席的贵宾有州长、市长及社会各界名流。洛厄尔中学国民警卫队的女军官担任迎宾员。女军官舞会似为虚构。

“我有没有叫他把手拿走，你想不想知道——?”

“唔?”

“别傻了，我不跟陌生人说话。”

波琳棕色的头发，蓝眼睛，从她的嘴唇里可以看到晶莹闪烁的星星——她家也住在河的附近，梅里马克河，不过也靠近公路，有一座大桥，大游艺场和橄榄球场——你可以看得到河对岸的工厂。在遇见玛吉之前，我在许多个午后到那里去，与她在雪地里聊天，闲聊接吻。有一个晚上她突然间开门出来吻了我——很放肆！我遇见她的第一个晚上我躺在床上，无论怎样都能闻到她头发的气味，在我的头发上——这事我还跟虱子说过，我在他的头上闻到了她的气味。这事儿虱子也觉得有趣。当我告诉他前一个晚上我们最后接吻了（晚餐之后跟他一起坐在我的床上，我们这帮人 G. J. 、斯科蒂、伊迪儿坐在我房间的椅子上，谈论球队的事，我妈妈在厨房里洗碟子，我爸爸在听收音机，）虱子要我像吻波琳一样吻他。我们也这么做了；其他几个人甚至也没有停止他们的讨论。可是现在说到玛吉，事情就不同了——她的吻，那可是一种昂贵的酒，我们亲吻并不多，也不常亲吻——藏在地下——很有限，就像拿破仑白兰地——很快就会完的。什么，爱别的人？不可能。“我爱你，玛吉，”我试图说这样的话，但是也不比 G. J. 的少男少女爱情好多少。我力图叫她放心，我绝对不会有让她嫉妒的事的，真的。赞扬的话就说到这里——我以后还会说——说玛吉的事——我的嫉妒的萌生，还有接着发生的那些事。

我的心死亡率很高，他们要把我扔进已经被悲痛之犬啃过的洞里，就像病中的教皇，他玩了太多的女孩子，骷髅眼窟窿一样的眼睛里淌着黑色的眼泪。

啊生命，上帝啊——我们再也无法替他们找回鲜花怒放的新斯克舍了！再也没有轻松的午后了！阴影，先辈，他们都已经走过了一九零零年的尘埃，正如塞利纳[①]所说，要寻找二十世纪的新玩意儿——不过依然是有了爱才知道我们是错的，座位上已经什么都没有了，有的只是醉倒的群狼的眼睛。去问疆场上的人吧。

八

我看到她坐在河边，低着头在想我，美丽的眼睛在内心寻找她所爱的我的美好思念。啊，我的天使——我的新天使，黑色的天使，现在跟随着我——我拿人生中的天使换了另外一个。在教堂耶稣受难像前我聚精会神地站着，领会了许多事情，我将看到上帝的眼泪，在那张牺牲了性命、涂着白色灰泥的拉长的脸上，我已经看到了眼泪——牺牲了性命，身上刺穿了，钉了钉，一切都结束了，两眼下垂，双手钉了钉，可怜的双脚也钉了钉，交叉在一起，就像你在街上看到的可怜墨西哥工人冬天冻僵的双脚，他等着人家开门出来倒空桶里的破烂垃圾，两只脚交叉在一起取暖——啊——他脑袋耷拉着，就像月亮，就像我脑海里玛吉的形象，我的玛吉，上帝的玛吉；一个像但丁一样的人的忧伤，十六岁，这是连什么叫良心也不懂的年龄，也不懂我们是在做什么的年龄。

在我年纪还要小的时候，十岁，因为热爱我的厄尼·马洛，我

① Louis-Ferdinand Céline（1894—1961），法国小说家，作品多表现悲观绝望情绪。

会在十字架前祈祷，他是教区学校里的小孩子，一个法官的儿子，因为他模样像我已经死去的哥哥吉拉德，所以我怀着崇高的爱去爱他——带着童年时代的奇怪举动，比如我会在我哥哥杰拉德的照片面前祈祷，他是在九岁而我还只有四岁的时候死的，我祈祷是为了要确保得到厄尼·马洛的友谊、敬重和善意——我就想要小厄尼向我伸出手来，对我说，“Ti Jean[①]，你，你真可爱！”还会说——“蒂·让，我们永远是朋友，我们从学校毕业以后就一块儿到非洲去打猎，哈?”我觉得他比最可爱的孩子还要漂亮许多倍，因为他红彤彤的脸蛋，洁白的牙齿，梦幻女人的双眼，也许是天使的双眼，都让我倾倒；孩子们就像恋人一样相互爱慕，我们在成年时期并不关心他们的生动故事。那情景——，也是我在耶稣十字架前的祈祷。每天上学我总会设下一个个圈套，叫我喜欢的男孩子来爱我；我们都在操场上站队的时候我就看着他，在冷到了零度的寒冷中牧师在前面发表讲话，念他的祈祷辞，他背后是红彤彤的天空，在穿过学校（圣约瑟教区学校）校舍的小巷里是浓重的水汽、气球、马粪球，我们列队回到教室去的时候正好收破烂的人也来了。别以为我们不害怕！他们头上戴着油污的帽子，他们在屋顶上肮脏的窝里龇牙咧嘴……那时候我疯狂了，从早晨七点到晚上十点，我头脑里都在想入非非，就像小兰波[②]一样精神遭受剧烈的痛苦。啊，我十岁时写的诗歌——写给玛吉的信——午后走路去上学，我会想象电影摄影机的镜头对准我，拍摄一个教会学校小男孩的生活全

---

① 法文，与 Little John 同义，作者小名，音译为蒂·让。

② Arthur Rimbaud（1854—1891），法国诗人，自小母亲教育严厉，1870 年就发表第一首诗，创作生涯只持续到二十岁，但对象征主义运动产生极大影响。

景，记录他的思想，他对着篱笆蹦跳的样子。——在那儿，十六岁的时候，玛吉——耶稣钉死在十字架的雕像——啊，上帝知道我经受了巨大而真实的爱情痛苦，他的雕塑脖子断了脑袋耷拉着，非常地悲伤，从未有过的悲伤。“你给自己找到了那一点忧愁了吗？”上帝悄悄对我说，雕塑的脑袋，当时我站在雕像面前握着手等候。“是念着那有趣的 gidigne（韵律简单的诗句）长大的吗？”我七岁的时候一个神甫在告解室里问我，“你写过 gidigne 小诗吗？”

“对，mon père[①]。”

“那好，假如你写过 gidigne 小诗，那就站在祭坛前朗诵全篇玫瑰经，然后背十遍 *Notre Pères*[②]，十遍 *Salut Marie's*[③]，背完了你就可以走了。”教会把我从一个救世主带到另一个救世主；此后是谁之所为？——为什么流泪？——上帝从耶稣受难像上对我说：——“现在已经是早晨，善良的人在隔壁说话，日光透过树荫照进来——我的孩子，你原来是身处无法理解的神秘和痛苦的世界——我知道，天使——这一切都是为了你好，我们将拯救你，因为我们发现你的灵魂就像这世界上别的人一样重要——但是你必须因此而受罪，实际上我的孩子，你必须死，你必须在痛苦中死去，带着哭声、恐惧和绝望——含糊其词的说法！恐怖的情绪！——灯光，沉重，脆弱，疲惫之事，啊——”

母亲的屋子里一片寂静，我在侧耳倾听，猜度上帝将如何安排我与玛吉之间的爱情圆满成功。现在我还能够看到她的泪水。我有

---

① 法文，我的父亲，此处意为“神父”。
② 即《主祷文》，见《圣经·新约·马太福音》第6章，第9—13节。
③ 即《圣母经》里的“万福马利亚”。

一种感觉，但是并不存在，什么都不是，仅仅是这样的意识：上帝在等候我们。

“卷入世间事务，绝非为上帝，”我对自己说，一边匆匆赶路去上学，开始新的一天。

九

这是我代表性的一天，早晨七点钟起床，母亲来叫醒我，这时我就会闻到早餐的味道，面包和粥，窗上的积雪已经结成一英寸厚的冰，整块窗玻璃被外面寥廓冬天色彩的变化映红了，呈现出玫瑰色。我一骨碌从柔软温暖的被窝里跳出来，想要整天与玛吉埋在一起，而这也许只不过是一会儿的黑暗与死亡；起床后立即套上不得不穿的衣服；不得不穿的冰冷的鞋子，冰冷的袜子，我都放在火油炉子上烘过的。为什么人们不再穿长一点的内衣？——早晨穿背心真不舒服——我把我暖和的睡衣扔在床上——早晨从炉床上落下的通红的煤块映红了我的房间，可以持续半个小时，我所有的东西都在这儿，维克多牌唱机，小桌球台，绿色小桌子，漆布，都将一头竖起来搁在书本上留出位子来摆放台球，有时间我还参加田径运动，不过现在没有时间了——我有一个可怜巴巴的壁橱，潮湿的空气里挂着我的外套，里面尽是像刚涂上又落下的灰泥粉末，风干黏土一样封存起来，储藏着北非城堡的屋顶文明；报纸上用印刷体写满了我的字，落在地板上，落在鞋子、球拍、手套堆里，落在往昔的伤心里……整夜与我睡在一起的猫也被吵醒了，在现在已经掀开、不再暖和的被窝里朝着枕头钻，想再睡一会儿，但是一闻到香肠的味道，它就跳起来开始新的一天，迅速敏捷的小脚爪噗的一声落在地板上，销声匿迹了；有时候七点钟我醒来的时候它已经走了，在外面新雪里乱窜，拉下一颗颗黄色的屎，它的牙齿直打颤望着冻得像铁一样冷的树枝上的鸟儿。“唧唧！”鸟儿叫道；我走出房间前透过玻璃窗上的小孔，先看了一眼窗外，屋顶上是白茫茫的一片，树木全都冻僵了，冰冷的房屋在冬日里冒着稀薄、温顺的炊烟。

你得忍受生活。

一〇

公寓房是在高处，你可以看到底下加德纳街的屋顶，一大片旷野，以及一月早晨五点钟天色蒙蒙亮时，人们到教堂去放松放松走的一条小路。这一带有的老太太每天天刚亮，还有每天傍晚都要到教堂里去；有时候黄昏时候还会再去；爱好祈祷的老人对于一些事情的理解小孩子是不懂的，在她们的人生悲剧里，你认为是一只脚已经踏进坟墓了，你已经看到了她们穿着玫瑰色缎子衣裙端坐的身影，那是她们人生玫瑰色的早晨和咳出的痰的颜色，但是其他东西的气味则是从花心散发出来的，那是秋末死去、我们扔在篱笆上的花儿。那是持续九天的冗长祈祷式上的女人，热衷于葬礼仪式的人，假如有人去世，她们立即就知道，并且急忙赶到教堂，赶到停放死人的地方，可能还会赶到神甫那里；待到她们自己去世，其他的女人也采取同样的行动，这是来世的糖罐——这才有那边的小路；冬天意义重大的早晨，商店开门了，人们见面招呼！我准备好了去上学。到处都是一派早晨 méli-mélon[①] 的景象。

一一

我要吃早餐了。

我父亲通常不在家，他在城外一家叫安多弗的印刷厂上班，开一台整行铸排的机器——厂子靠近没有高大林木的小山丘，他在天还黑的时候就要从这里经过去干他一周四十小时的工作，假如不是因为看见他这个愁眉不展的大汉，此地还不知道大地本来的黑暗——所以，他没有坐在餐桌上一起用餐，通常厨房里只有我的妈妈，她在准备早餐，还有我的姐姐，她在忙着准备到某某杂志社也就是《市民杂志》去上班，她是一个装订工——她跟我说过上班干活的正经事，但是我正在紫色的恋爱中，心目中根本没有那些凡人俗事，根本听不进那些话——我面前什么也看不见，只有纽约的《时代》周刊，只有玛吉，只有这个伟大的世界，以及湖边大树枝叶上弥漫的夜色和晨曦——"蒂·让!"他们这样称呼我——我是一个举止粗鲁的人，食量很大，无论是早餐，晚餐，还是下午快餐（牛奶一夸特：花生奶油饼干，半磅)。"蒂·让!"——要是我父亲在家，"Ti Pousse!"（小大拇指）他这样称呼我，一面咯咯地笑。然后在快乐的气氛中吃着麦片粥——

"哎，你跟玛吉·卡西迪的恋爱谈得怎么样了?"我姐姐吃着三明治笑嘻嘻地问道，"还是因为莫·科尔的缘故她拒绝你了!"

---

① 法文，杂乱，忙碌。

“你是说波琳？为什么要提起她？”

“你不知道女人的醋劲会多厉害——她们心里想的就是这些——你走着瞧吧——”

“我什么也没瞧见。”

“Tiens,[①]”这时我妈妈说道，“给你火腿面包，今天早晨我烘了满满一炉，因为你昨天都吃了个精光，最后饿着肚子，就像过去在科里梅尔那样，爱吃醋的姑娘别理她，网球也别管它，只要你坚持自己的立场事情就好办，要像一个真正的法裔加拿大孩子，就像我教育你的那样要堂堂正正——你听好了，蒂·让，要是你清清白白地做人，你决不会后悔。信不信由你，你知道。”于是她在那里坐着，我们大家管自己吃着。到了最后一刻我就犹豫不决地在房间里站着，看着刚刚买来的小收音机，也就是在这台收音机里我刚开始听葛兰·米勒[②]和吉米·多塞[③]的歌曲以及强烈地打动我的心的浪漫歌曲……听《我陷入沉思》，《真心一片》[④]，听鲍伯·艾伯尔，雷·艾伯尔[⑤]的歌曲，在只属于我的夜晚，整个凄凉悲叹的美国在我身后凝聚起来，玛吉颤抖的吻传递的温柔给我以自豪，充满了只有少男少女才能明白的那种爱，俨然就是忧伤的舞厅。我站在壁橱门前，就像莎士比亚剧中人物那样紧握双手；我走进浴室抓过一块

---

① 法文，喂！

② Glenn Miller（1904—1944），美国爵士乐音乐家。

③ Jimmy Dorsey（1904—1957），美国爵士乐音乐家、小号手。

④ 即1938年流行歌曲 *My Reverie*，拉里·克林顿词，根据法国作曲家德彪西1890年钢琴曲《沉思》改编。1938年作者与书中主人公同年，16岁。《真心一片》（*Heart and Soul*）也是1938年流行歌曲，弗兰克·洛艾瑟词，霍吉·卡迈克尔曲。影片《超人归来》（*Superman Returns*）也用了这首曲子。

⑤ 鲍勃·艾伯尔（Bob Eberle，1916—1981）和雷·艾伯尔（Ray Eberle，1919—1979）兄弟均为美国爵士乐队歌手。

毛巾，双眼模糊了，因为我突然想入非非，把玛吉带走，离开了舞厅粉红的地板，来到月光皎洁的码头上，坐在一辆顶呱呱的敞篷汽车里，给她一个热烈的吻，持续很久而又非常诚挚（略微偏右）的吻。

我刚开始刮脸；一天夜里我姐姐把我吓了一大跳，她给我梳头，把我头顶上的头发做了一个褶，梳成波浪形——“哦乖乖，你瞧这罗密欧!”这太吓人了；两个月前我还是一个孩子，在铁锈色的黄昏，紧紧裹着外套，戴一顶有护耳的帽子，缩起身子，从学校参加秋季橄榄球训练回家，空闲的晚上就跟一群十二岁的孩子在巷子里玩撞柱游戏，帮他们安放木柱，一排可赢三分钱——二十排就是六十分，通常我可得这个数，或一元钱——不过还是个孩子，到了最近我还为丢了帽子而哭过鼻子，那是在公用事业振兴署主办的俱乐部篮球联赛的一场球赛上丢的，比利·阿陶德最后一秒一记轰动全场的远投赢得球赛的胜利，简直可以与另一场少年俱乐部的平局相媲美，那是一支希腊劲旅，在就要吹响哨子的最后一秒钟，我在罚球线附近从争抢的人群中跳起投篮，球在篮圈里待了一秒钟让大家都看一看，然后落下，比赛结束，扎格和他的绝技——一个天生好表现的人——永久的英雄。我的帽子就是这时候忘记的。

“妈妈再见，”我在妈妈的脸颊上亲了一下，去上学了，她怀着对生活的严峻认识，自己也在一家鞋厂打一份工，不屈不挠、不知疲倦地坐在皮革修平机前，拿着不听使唤的制鞋皮革对准刀片，她的手指头都发黑了，从十四岁开始长年累月地干活，机器前坐的都是像她那样的女孩子——全家人都上班干活，一九三九年是大萧条接近尾声的年月，其严重性不久即将被波兰发生的事件所掩盖。

我带上母亲前一晚为我做的午餐，那是一片片涂了黄油的面包；在上午上了四个小时的课之后，到了中午这几片面包的可口，那是什么都比不上的，上午的课堂几乎可以说有趣而快活，大家都被老师的个人性格魅力所吸引，如乔·梅普尔的英语第三册，麦克吉莉克蒂老太的天文学（不可或缺）——黄油面包而且非常可口，热土豆泥，再没有别的，在吵吵嚷嚷的地下室的餐桌上，我这样的午餐一顿就要十美分——午餐的主菜则是我买的很好吃的巧克力冰棍，学校里百分之九十五的人每天中午都贪吃，在地下室的大厅里坐在长凳上吃，在人行道上吃——课间休息——由于上帝的恩典，我有了玛吉，有时候也因为上帝的恩典我买到了几乎有一英寸宽的冰激凌，因为冰激凌工厂里出的差错，冰激凌上的巧克力是厚厚的一层，简直叫人不相信，也因为是工厂里出的差错，那一层厚厚的巧克力就这样缠绕着涂在上面——有时候偶然也是因为工厂里出的同样差错，我也会买到软绵绵的半英寸厚的冰棍，已经融化了一半、像纸一样薄的巧克力掉落在克尔克大街的人行道上，正当我们，我和哈里·麦卡希、虱子、比利·阿陶德，在冬天的阳光下都非常嘴馋地吃着手上的冰棍的时候，我的心远离浪漫色彩何止十万八千里——所以我会自己带黄油面包午餐，那是准备匆匆塞进年级教室的桌子里的——吻一下母亲——然后迈开双脚出发，急匆匆地跨着大步，跟别人一样，沿着穆迪街大步走着，经过纺织厂的招贴柱子，走到了大桥，走到了穆迪街公寓，然后下山到了城里，只见灰暗、繁荣的城市清晨雾气蒸腾。大家雄赳赳地沿途集合起来，各就各位，G. J. 从里弗赛德街走来，他是要到洛厄尔高中去上商务管理课，他在学校里学会了打字，学会了会计，在将要做性感秘书的妖艳姑娘的周围做着美梦，他已经穿起了套装，戴起了领带，他说，“扎格，戈登小姐总有一天会卸下她那副冷漠、孤傲的面孔，在我面前让裤子滑落到地板上，注意听清楚我的话——总有一天我们会找一个空房间去干这事，”——但是他只是嘴硬，他非但没有真去干那种事，相反他最终还是带着书本在下午两点钟去看廉价二级电影——而且是独自一人前往，去观看弗兰乔特·托恩[①]、布鲁斯·卡博特[②]、艾丽丝·菲耶[③]和堂·阿米谢[④]，咧嘴大笑，面对泰龙[⑤]等演员，以及靠吃救济生活的老头老太睁大双眼观看电影的现实场景，满脸笑容。除了他以外，还有虱子从里弗赛德街斜刺儿里朝我走来；然后，真难相信，比利·阿陶德从穆迪北面郊外的山上，大步流星地在后面赶上了我们，正当我们走到市区运河的时候，我们大家都发现伊迪儿早赶在我们之前到校，从他的一年级新生教室的窗口探出头来，尽心尽职地听从老师的吩咐打开一扇扇窗子——“伊——伊迪儿!”他大声喊道，然后便从窗前消失了，他是洛厄尔高中最积极肯干而成绩最差的学生，要不然他早就能加入橄榄球队，然后让人人都目瞪口呆，只要用他坚硬的胳膊肘狠狠一击，就可以将马尔登队的后卫阵脚打乱——在洛厄尔高中打开教室的窗子，窗外是布特纺织厂运河玫瑰色的清晨，早起的鸟儿——到后来那就成了在哥伦比亚大学打开窗子的早晨，马克·范·多伦[⑥]

---

① Franchot Tone（1906—1968），美国演员。
② Bruce Cabot（1904—1972），美国电影演员。
③ Alice Faye（1915—1998），美国女演员、歌唱家。
④ Don Ameche（1908—1993），美国演员。
⑤ Tyrone Power（1914—1958），美国演员。
⑥ Mark Van Doren（1894—1972），美国普利策奖得奖诗人、批评家，1920 年获哥伦比亚大学博士学位，同年毕业留校执教，直至 1959 年。

窗棂上的鸽粪，写出艾文河畔一棵苹果树下酒后酣睡[①]的莎士比亚，啊——

我们顺着穆迪街飞速前进，精力旺盛，青春年少，无比激动。从我们大家中间像一条小溪流一样穿过的是巴特利特初级中学的孩子，他们走沿河岸的线路到白桥和瓦纳兰希特街，这条路曾经是我们过去一直走的，“走了多少年了，耗子？还记得天太冷他们都生了冻疮的那个冬天，和医生们一起在校长办公室吗？——”

“还有在瓦纳兰希特街打那场雪仗的时候——”

“那些无比兴奋的同学骑着自行车来上学，真的虱子，他们的自行车之字形绕着骑上那座山，比起步行上山那要吃力得多了——”

“每天中午我常走着回家，我和艾迪·德士蒙两人手挽手跌倒在地上——他是世界上最懒的人，他下午就不肯去上学，要他下午去上学还不如把他扔到河里，那我只好背他——懒洋洋的，他就像我家的猫，真蠢——”

“啊，过去的美好时光！”耗子会表现出很不高兴的样子，垂头丧气的。“我在这个倒霉的世界上不求别的，只求能有一个机会好好挣钱赡养我的母亲，确保她想要什么就有什么——”

“斯科蒂现在在哪里工作？”

“你没听说吗？——远在切尔姆斯福德，他们在建造一个大型的军用飞机基地，斯科蒂和公用事业振兴署的老废物们在外面掘

① “酒后酣睡”一语出自莎士比亚《一报还一报》一剧第四幕第二场：“他并不怕死，对他来说死不过是酒后酣睡。”

树、砍树、清理场地——他赚大钱了——他早晨四点钟就起床——斯科蒂这家伙——我很喜欢这个家伙——别老揪住他不读高中不读商务管理课这件事，这小子现在就要钱——”

我们来到桥上。桥下峡谷的嶙峋怪石之间是冬日的涓涓细流，一潭潭积水结了冰，细小的流水湍急处冲积而成的泡沫，映照在玫瑰色的晨曦中，非常寒冷——在远处，是森特维尔区的平房，积雪覆盖的草坪微微隆起，新罕布什尔森林隐约可见，森林的深处穿着麦基诺呢衣服的大汉现在携带了斧子，穿着靴子，吸着香烟，大笑着顺着松树墩之间布满车辙的泥泞小道，开着老式的雷奥货车，到达林中小木屋，荒凉的新英格兰在我们心中的梦境——

“你一言不发，扎格——那个讨人嫌的玛吉·卡西迪把你迷住了，小子，她把你迷住了小子!”

“别让臭女人把你迷住了，扎格——不值得你去爱——爱情算啥，什么也不是。”G. J. 反对爱情。反对的人是他，不是虱子。

“不对，爱情是伟大的，耗子——有些东西得好好想想——你该到教堂去祈祷扎格宝贝！跟她结婚！甩掉她吧！怎么样？我要找一个好姑娘!”

“扎格，”古斯一本正经地劝说道，“甩掉她然后离开她，听听一个有经验的老水手的说法，——要女人干什么，没用，这是颠扑不破的道理——啊!”他转过脸去，一边怒气冲冲地说道——“回绝她们，让她们安分一点——这个世界上苦难已经够多的了，笑吧，哭吧，唱吧，明天没有什么了不起——别叫她把你弄得提不起精神来，扎格。”

“我不会的，耗子。”

“哎呀！瞧，那是比利·阿陶德来了——这已经不是第一回看到他搓着双手急匆匆地赶路了——”肯定是比利·阿陶德，他跟他母亲住一起，每天早晨不是按时起床而是急匆匆地出门，咧着嘴笑一边搓着双手，你可以听见马路对面他在寒冷中充满热情的尖细声音。

“嗨，各位，等等我——让象棋冠军走几步路！”

“你是象棋冠军？嚯嚯。”

“什么？——”

“我采用连珠炮战术就可以把你们都打败——”

“是吗？瞧他的书本！”

——我们在上学途中一路闲荡、一路争吵，脚下却没有放慢速度，依旧大步走着，走过贫民窟里的沙特尔大教堂即圣约翰施洗教堂，走过加油站，走过经济公寓，经过维尼·贝尔格拉克家——（“维尼这个家伙现在还在睡觉没有起床……职业学校也不愿意要他……今天整个上午他会读扣人心弦的真爱故事，吃着德莱克白奶油夹心巧克力蛋糕……他从来不吃主食，专门靠吃蛋糕过日子……真该死我知道我们昨天逃学了，可是在今天这个阴沉沉的早晨，我的内心深处是多么想要见到维尼。”

“我们还是小心一点好——接连两天了吧？”

“昨天你听他说了吗？——他说他现在要色迷心窍，要把脑袋伸进马桶里去了！”）——我们走过市政厅，后面就是图书馆，那边已经有几个老流浪汉在阅报室门口捡烟蒂，等九点钟的开门时间——我们走过王子街（“嗬，还是今年夏天，就说说我们在那边打的几场球吧，扎格，你记得那些本垒打，三垒打，还有了不起的苏格兰人投手打得对方一分不得——生活真棒！”）——（“生活嘛，亲爱的虱子，前景无量!”）——我们走过基督教女青年会，跨过运河桥，走过进入大型棉纺厂的那条大街，大家都踏着朝霞映照下的卵石路快步走着，走过纺织工人住宅区，十九世纪中叶的工人住宅区因狄更斯的回忆录①而出名，一排排紧闭的殖民时代风格的大门，看到古老红砖砌成的倾圮门面凄凉面貌，让人想起纺织厂里差不多一个世纪的劳作，夜景昏暗。

然后我们与许许多多的学生融合在一起，在中学的人行道上和草坪上闲逛，等着第一遍铃声的响起，然而铃声在教室外是听不见的，而是从闹哄哄的教室里一张张紧张的脸庞上传开的，所以有时候我因为迟到了心中惴惴不安，独自一人走在仅仅几分钟前还是成百人熙熙攘攘、现在已经空无一人，主角都已经扫荡干净的场所，他们都已经被关进安静的中学窗户里，上早晨的第一堂课，那空荡荡的地方是非常愧疚、非常丢面子的地方，在梦中出现过许多回的地方，还有人行道，草地。“我要回去上学了，”整日卧病在床的老人枕着天真烂漫的枕头，无视时光的流逝，在做着这样的梦。

一二

我们班级的同学上午七点五十分拥进教室上课，通常在预感到

① 即狄更斯《游美札记》（*American Notes*，1842）。有意思的是，狄更斯在书中记述“洛厄尔和它的工厂制度”的第四章中写道：“……在洛厄尔，也没有工业人口可言（如果可以这样说的话），那儿的女工（往往是小农的女儿）都是从别的州来的，她们在工厂里工作了几年，就要重返家园，不再回来了。”“她们都住在工厂附近的公寓里。工厂的主人，对于开公寓的人特别注意，总得先把他们的品格彻底、严格考察一番，认为他们在这方面没有问题，才准他们开办。”（狄更斯：《游美札记》，张谷若译，上海译文出版社，1998 年 8 月第 1 版。）

的奇怪时刻最后一次把桌椅拖得乒乓作响，这时谁也不说一句话，我的脑袋靠在长椅上，想睡一会儿，尽管椅子的边沿顶得我的胳膊肘暗暗作痛——到了下午我真的睡着了，在教室自修的时候睡得很好，那是过了一点钟之后，不是扔吐了口水的纸团，而是将情书扔过来又扔过去的时候——那是午后课时都快结束的时候——早晨灿烂的阳光照得未经冲刷的窗子一片橘红色，待到鸟儿在林子里啾啾叫的时候，又变成了白天蔚蓝中透出的金黄色，一个老人嘴里衔着烟斗靠在运河的栏杆上，运河就在他的脚下流淌——水面漩涡密布异常危险，中学校舍大楼北面，无论是新楼还是一年级新生的旧楼，几十个窗口面向着运河，站在窗前就可以看到运河的流淌。运河里溺了水会使书本、纸张膨胀，变得非常大，那是穿着时髦针织套衫的学生娃娃，上课的时候唧唧喳喳快乐地说着的冒失话，是课堂上的胡思乱想，做的白日梦。虱子在上他的课，一切都与往日一样，平安无事。他非常地厌恶，坐在长椅他的那一头咧嘴傻笑，那是朝西南面的窗子，有火红的阳光照耀，可是这个位子在冬天从该死的东北照过来的炎热光线就有气无力了——橡皮擦拿出来了，人的脸型画在他的课桌上，他趴在桌子上擦，越擦越脏，要有一个人来教他一下，哈欠连连的一天才刚开始。他打开课桌盒的盖子，瞅了一眼放在里面的书刊杂志——“啊，英语老师内迪克先生穿着超大号的裤子走进门厅了——新生年级即九年级教莎士比亚押韵诗的老师法厄蒂太太要到我们年级来了，你瞧她，胖女人穿着高跟鞋非常了不起似的，脚下踩得笃笃作响，”我们坐在那里傻乎乎地熬过一个上午，脑子里尽是乔伊斯式的想象，糊里糊涂的，等待坟墓出现，把我们的脑袋伸进去。在运河的工厂旁边的卵石路上我明白了未来的梦想。以后我会在蓝色的早晨，梦见一片空茫的运河彼岸，有红砖墙纺织厂，这梦的消逝是那样刻骨铭心，因为什么都没有了——我的小鸟会在别处的枝头上啾啾叫。

出席洛厄尔晨祷的人，有美丽的黑发、金发、红发的人，都在注视着我。那是学校开学的第一天，人人都睁大了双眼四处打量；今天有一万七千封信要从一双颤抖的手传送到这欣喜若狂的人类世界的另一双手。我已经能看到司汤达式的故事情节在美丽姑娘紧锁的眉头酝酿，“今天，我会挑起那个讨厌的比奇莱对我的奇思妙想产生浓厚兴趣，”——就像《玉女嬉春》[①] 一类电影里的闭门独白一样——“我的哥哥一插手，一切就都搞定了。”别的人没有编什么情节，在等待，在做着漫无边际的悲伤的梦，梦见你十六岁就在中学里死去。

“你听我说，吉姆，告诉鲍勃我不是有意的——他知道！”

“一定，我跟你说了我会的！”

竞选二年级的副班长，在至关重要的信件上别上照片，集合起一帮人，设法抓住安妮·克鲁斯的把柄。他们隔着座位当中的过道，在一排排长椅之间，急切地一起商讨计划；吵闹声震耳欲聋，又很怪异，就像星期五下午加利福尼亚中学橄榄球赛上突然爆发的叫嚷声，飘过平静的平房屋顶，就像十几岁的孩子在观看四轮旱冰鞋的速滑比赛，老师都看得目瞪口呆，拿起在卡尼广场唯一一处可以买到的《纽约时报》遮住双眼。整个班级是不可制胜的，必须到

---

① *A Date with Judy*，美国电台广播喜剧，听众为青少年，自 1941 年至 1950 年久播不衰。1948 年拍成电影。

了一定的时候老师才能行使权威，但是没有超过时间最好不要去干涉——“哎呀呀——”“天哪——”“嗨——”“你说什么！”“嗨！”“多蒂？——我不是跟你说过穿那条裙子很漂亮吗？”

“什么花样都逃不过你的眼睛，宝贝，我太棒了。”

“姑娘见了都疯极了，一个个都是。你一定听说了弗丽达·安那个骚样子！哟！”

“弗丽达·安？”意味深长地理了理她的头发。“告诉弗丽达·安她尽可以自己想怎么样就怎么样，我也可以想怎么样就怎么样，用不着她说三道四——”

“啊，想怎么样就怎么样。我的哥哥吉米就在楼下门厅里待着。他身边是不是带着那个小哑巴？”她们凑在一起窥探，附耳低声说话。“看见那边的杜洛兹了吗？他拿着一封玛-吉·卡西迪给他的信。”

“谁？玛-吉·卡西-迪？”她们弯着身子，厉声尖叫，大笑不止，大家都转过身来看着她们，不知道她们在笑什么，老师就要拍桌子叫大家安静——女生都在笑。我的耳朵发烫。我漫不经心地用朦胧的目光看着大家，心里在想着上个星期天涂了掼奶油的约会热馅饼——女生们透过我的蓝色窗户寻找里面的风流韵事。

“唔唔。你说他的眼神是不是朦朦胧胧的？”

“我说不清。他整天都是懒洋洋的。”

“我就喜欢这样——”

“哦走吧——你怎么知道你喜欢什么？”

“你想知道吗？问一问——”

“问谁？”

"问一问上星期四跟弗丽达·安到女军官舞会去跳舞的人，她们一个个吵得厉害，是跟拉拉·杜瓦尔和她那帮打手、用指甲抓人的人，你知道是谁、知道还有别的什么事了吧？我是——哦安静。"

啪，啪，老太太用她手中那把尺敲了两下，像一个公共汽车老司机一样，站在那里态度非常严肃，一边用目光扫视全班看看是谁没有到，然后她做了记录并且说了几句吹毛求疵的话，接着格拉斯先生从隔壁教室走进来，宣布一个特别通知，听见前排的同学窃窃私语，大家都侧过耳朵去，此时一个吐了口水的纸团在灿烂的阳光下有趣地滚动，一天开始了。铃声响起来。我们都急匆匆地离开年级教室，分头去上第一堂课。啊，怎么也没想到那条漫长的学校走廊失去了，我错失的那些漫长的功课、那些课时和那些学期，平均一个星期我要逃学两次——内疚。我从来都没有摆脱心中的歉疚——英语课……阅读真正的诗歌，例如读艾德文·阿林顿·罗宾逊①、罗伯特·弗洛斯特②以及艾米莉·狄金森③：这些人的名字我从来不知道可以与莎士比亚的声名相提并论。讲解科学理论提出之前的想象的天文学，非常有趣，老太太用一根长教鞭在黑板上演示月球。还有物理课，考试的时候我们拿到划着淡蓝色横线的试卷，糊里糊涂，不知所措，挖空心思也写不出"晴雨计"这个字，更不用说要写出"伽利略"这个名字了。在这样一类的课堂上，无数聪

① Edwin Arlington Robinson（1869—1935），美国诗人，曾三次获普利策奖。

② Robert Frost（1874—1963），美国诗人，曾四次获普利策奖。

③ Emily Dickinson（1830—1886），美国诗人，生前默默无闻，去世 70 年后开始得到文学界认真关注和研究，被现代派诗人追认为先驱。

明伶俐又漂亮的青年学生，凭借纯粹的自身兴趣和社会呼吁，孜孜不倦，他们唯一要做的就是起一个早，接着的一天里的事就全交给学校去管了，外加纳税人的资助。

他们有的人爱乘车到乡间去游荡，坐的是车后倒霉的加座，此后我们再也没有看见他们来上学，他们不是进了少年犯管教所，就是结婚了。

因为冬天天冷，我穿上了绣着字母L的橄榄球运动衫——显摆显摆——衣服很大，穿着很不舒服，太热，一天又一天每天连续几个钟头，我的上身裹在运动衫羊毛背心里，很不舒服。最终我还是选中了胸前有一排纽扣的普通蓝色球衫。

一三

第二堂课是西班牙语课，在课堂上我拿出玛吉写给我的信，一个星期两封。我立即看下去：

哎我看你以为这个星期我不会再写信给你了。哎上星期六我和我妈妈还有妹妹在波士顿玩得很开心。我的傻妹妹是个小骗子。我不知道等到她长大后她会是个什么样的人。对了，上一回我们见面之后你在做些什么呢。今年四月份我的大哥要结婚，昨天晚上他和琼来过了。学校里怎么样？洛伊·沃尔特斯预订了星期二旗舰酒店，我也准备去观看。葛兰·米勒随后会来。上星期天你从我这里走了以后，有没有到餐馆里去吃点东西？好了，我现在没有什么要说的了，就此。

再会

玛吉

即使那天晚上我想去看她也要很晚才能去——放学以后参加田径训练，一直要到晚上六七点钟，训练结束以后我习惯要拖着僵硬的双腿，走一英里的路回家。田径训练场是在马路对面低矮的大房子里，头顶是裸露的钢梁，六个大篮球场，然后是中学校队的训练场地，有时候有几场室内橄榄球训练，还有一些在三月阴雨天举行的棒球训练和大型田径赛，四周露天看台上坐满了人。到那里去之前，我还要在空荡荡的教学大楼和教室里闲逛——有时候会在挂钟下与波琳·科尔见面，这是我在十二月份天天不忘记的事，不过现在是一月份了。“嗨，你来了！”她咧嘴一笑说道，两个大眼睛，水汪汪的，蓝得很漂亮，丰满宽大的嘴唇里面是洁白的牙齿，非常地深情——我能说的只有这些——“嗨，你都跑到哪里去了。”我喜欢她，也喜欢活力，所以我只好站在那里装出心中非常忧郁的内疚，而活力则从心灵的另一端迸发，在黑暗中哭着，发泄着——为想象中的事哭泣——内心觉得为受委屈的一方鸣冤叫屈，我已无能为力，对于希望我没有抱任何希望，泪水模糊了视线，一片真诚都被人世间的芸芸众生和繁琐事物所排挤，被我自己的卑鄙决定体现出的懈怠、无力所排挤——悬而未决——没有生气——卑鄙下流。

继承人尖叫着从医生的膝头跳起来，而老者与穷人则还在一个个死去，又有谁在他们的病榻前俯身照料、给予安慰。

“哦，过一会儿我还要去田径场——”

“嗨，我好不好在星期六晚上去看你与伍斯特队的比赛？——不管怎么样我当然要来的，我不过是在请求你的允许，这样你就可以跟我说话了。”

啊，身负重伤的乌尔夫！① （后来读了几本书以后，我觉得我就是乌尔夫）——夜晚我合上两只眼睛就看见我的骸骨嵌在我坟墓的泥土里。我的眼睫毛就像一个悉心掩藏的老处女一样，是假的：“哦，你要来看比赛？——我打赌我一开始就会摔倒，你会觉得我不会跑步。”

“哦，别担心，我在报纸上看到过，大人物。”她拿手指头捅我——用拳头捶我——“我会来看你跑步的，嗨——”然后又突然间伤心地表现出女孩子的情绪，“我很想你。”

“我也想你。”

“你怎么会想我呢！——你难道没有跟玛吉·卡西迪在一起吗！”

“你认识她？”

“不认识。”

“那你怎么会这么说。”

“啊，我有密探。并不是说我很在意。你知道我近来跟吉米·迈克菲在一块儿。哦，他人不错。嗨，你会喜欢他的。他可以跟你做个很好的朋友。看到他我就会想到你。你那个好小伙子，你的波塔基维尔朋友……叫虱子的？——也有一点儿像他。你们都长着同

① 似指詹姆斯·乌尔夫（James Wolfe，1727—1759），英国将领，远征魁北克，大败法军，自己也负重伤死去。

样的眼睛。不过吉米跟我一样，是爱尔兰人。”

我真诚憨厚地站着，听她说话。

“所以我跟他相处得很好，别担心，我不会说你坏话的……嗨，你有没有听我在名牌唇膏展示会排练的时候唱的歌？知道我唱什么歌了吗？”

“什么歌？”

“还记得去年十二月的那个晚上我们去溜冰，你们那边靠近德雷克特的湖上，回家的时候非常冷，天上挂着月亮，已经下霜，你吻了我还记得吗？”

“《真心一片》。”

“这就是我要唱的歌——”时光的长廊在她眼前延伸，歌曲，悲伤，总有一天她会替阿提·肖[①]演唱，总有一天一群群的黑人会在玫瑰田舞厅围着她的麦克风，把她叫作“白人比利”——在她艰难困苦的歌唱岁月里室友们会继续努力成为影星——她现在十六岁，唱《真心一片》，与羞怯而多情的洛厄尔男孩子卿卿我我，伸手去推他们，然后说一声“嗨”……

“我要把你拉回来，杜洛兹先生，并非是我要你回来，而是你会爬回来，因为玛吉·卡西迪只不过是要把你从我这儿拖走，去做她想要你做的事，成为一个高中橄榄球和田径全能运动员，假如她自己不能进入高中的话，因为她太笨连初中都毕不了业——嗨，波琳·科尔就是有这么优秀！”她推了推我，接着把我拉到她身边。

① Artie Shaw（1910—2004），美国著名单簧管演奏家、作曲家、指挥家，首创摇摆乐大乐队，二十世纪三四十年代深受欢迎。

“这一回是我最后一次在我们的大时钟下相会。”这是一个外形像大箱子的时钟，它挂在学校的外墙上，是一些老校友在外墙贴了崭新的黄砖时捐赠的——我们最初哆嗦着相会就是在这大钟下面——她在寒冷的夜晚，在雪地里唱《真心一片》的时候，我们永远想着的是我们两颗心产生的似水柔情——这个大时钟是我们的重大象征。

“哎，将来某个时候我还会见到你的。”

“不是在这个大时钟的下面，小伙子。”

我要独自一人徒步走回家，离田径训练还有两个小时可以消磨，我沿着穆迪街走，落在早已回家、已经在校外场地上大声喊叫的人的后面；伊迪儿早就夹着书本、迈着大步、急匆匆地领着大队人马走了（“怎么回事小子?”）——银星酒馆和穆迪街别的酒馆里的老酒鬼望着走过来的大队学生——现在是两个人——一脸愁容地走过贫民窟，爬上山坡，跨过大桥，进入明亮的小屋和波塔基维尔的山，隐蔽地一路走去。远处罗斯芒特水池上是穿蓝衣的午后溜冰的人；他们的头顶是梦寐以求而不可得的祥云。

我登上楼梯到了纺织午餐馆之上我们四楼的家——家里没有别的人，阴郁黯淡的光线透过窗帘照到屋内——在阴暗中我从垫了整齐的报纸的食橱里，取出里兹饼干，花生黄油和牛奶——在塑料风行的五十年代，没有一个家庭主妇能做到一尘不染，如此般清洁——此外，眼前是餐桌，透过北窗照进来的光线，白茫茫阴冷的屋顶，远处是悲伤的白桦林组成的阴沉景色——我搬出了象棋和棋谱。棋谱是从图书馆借的；苏格兰开局让棋法，王后让棋法，都是论述象棋开局的一系列博大精深的法宝，拿在手中铿亮的棋子使得输棋也变得生动——这就是为何我对模样经典的图书馆里的旧书感兴趣的理由，那都是些大部头的书，以及棋艺评论，有一些书已经破损，是我穿着套鞋，在洛厄尔公共图书馆最阴暗的书架上，在图书馆关门的时候找到的——

我在思索一个棋式。

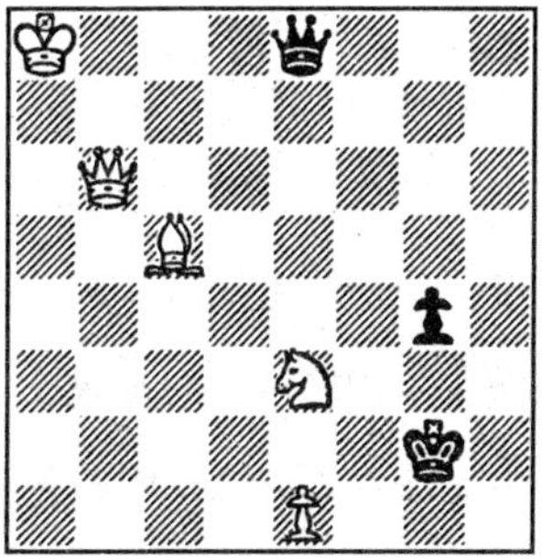

家中有一个一九三三年购置的绿色电钟，老式、细长的秒针呜呜地响着，一圈一圈绕着凸起的黄色数字和小圆点走——数字和圆点上的漆脱落了，这些数字和圆点一半是黑色一半已经不见——时光本身靠着电流或别的力量不停地流逝，也困扰着油漆，灰尘在时针上缓慢累积，在里面的机件上累积，在杜洛兹家橱柜的角落里累积——秒针一天二十四小时、一小时遇见分针六十次，而我们依然不流露对于生活的希望。

玛吉被我丢到脑后去了，现在是我的休息时间——我走到窗前，望着窗外；端详着镜子里的形象；各种伤心的手势，各种表情；我躺在床上，一切都是难以言说地令人失望，令人困乏，又总是姗姗来迟——而不管什么时候来到，我也不知道来了又有什么区别。在荒凉萧瑟中，鸟儿在唧唧地叫唤。我对着镜子暗淡的光亮收缩起手臂上的肌肉——收音机里的静电干扰声单调而乏味地呜呜作响，几乎掩盖了正在播放的平庸时兴歌曲——底下加德纳街上加农老先生吐了一口痰，然后又朝前走着——tempus[①] 就像兀鹰，正耐心地盯着我们每一家。我在耶稣受难的夜光像前止步，心里在祈祷要像他那样悲伤和受苦，以便获得拯救。于是我又朝市中心走，去参加田径训练，一无所获。

中学的那条马路空荡荡的不见人影。冬日傍晚淡粉红的光线笼罩了这一带地方的上空，也曾经反映在波琳悲伤的双眼里——逐渐塌陷的堆积多日的雪堆，一棵黑色的树，无力的残阳挂在一座旧建筑的边上——随着映照在西边屋顶上的晚霞在远处渐渐从低矮的云堆中黯淡下来，美妙的无法用言语来形容的冬天的蓝色，开始在东边黄昏的屋顶上显现。博玛舍百货公司[②]每一位营业员的成堆的货品悄然售罄。黄昏时分的鸟儿迅速飞进它们黑暗中的巢。我匆匆赶到室内田径训练场，场地上练习跑步的人们，他们自己内心痛苦异常却仍在木板上嘭嘭嘭地跑着。乔·加里迪教练面容忧郁地站在那里，为他新的六百码希望之队计时，他们孤注一掷拉动双腿，调动双腿的灵活性要达到预期的目标。乔大声吼叫着要大家清理体操房，吼声震动整座屋子，于是小鬼们最后把无关紧要的袜子扔进最远处的箩筐里。我迅速跑进更衣室，穿上田径短裤和绷紧的浅口运动鞋。发令枪声激发了最初三十码的热情，跑步的人脱开摁在地上的手指头和脚下的蹬板飞速起跑。我在哗哗作响的木板围栏四周做着热身跑。寒冷，我手臂上起了鸡皮疙瘩，听不见说话声的体操房

---

① 拉丁文，时光。
② 博玛舍百货公司（Bon Marché，意即“好商场”），1878 年开业，1976 年 1 月关门。

内只有灰尘。

“行了，杰克，”加里迪教练说道，语声低而镇静，就像催眠师的说话声那样在围栏板之间回旋，“让我看看你新的手臂动作——我觉得肯定是手臂的动作影响了你。”

我发疯似的，以难以相信的傻劲，在差不多一个月的日子里模仿吉米·迪比克的跑法，他是一个中长跑运动员，一点都不优秀，但是他跑步的时候，有他自己调动四肢的独到之处，他双手指尖伸直张开向前指，就这样拉动四肢达到了——一个古怪的风格，而我觉得好玩才模仿的；不过，短跑就不同，我在队里是头号选手，当时甚至超过了约翰尼·卡扎拉基斯，可是他一年以后战胜了美国东部中学的所有选手，而他还没有充分发挥——这样的伸手姿势并不利于我的短跑，三十码我通常跑三点八秒，而现在我慢到了四秒，像十五岁的路易斯·莫兰这样的小朋友都可以跑过我，而他们连田径队都没有待过，只不过是穿上了自己的棒球运动鞋罢了——“就像你过去习惯的那样跑，”乔说道，“别老想着你的两条胳膊，你只管跑，心思集中在你的两条腿上，跑，起跑，——你有没有得妇女病关你什么事？”他毫无兴致地咧嘴一笑，但是非常有幽默感，那是因为他的生活既没有名气也不舒适，尽管他是马萨诸塞最优秀的田径教练，但是整天忙的是市政厅的文案工作，工作无关紧要薪水自然很低。“加油，杰克，跑——你是我今年唯一的短跑选手。”

跨低栏我跑不过那些小朋友，我只会往前冲；在波士顿花园新英格兰的中学生都来了，在他们的呼喊声中我每次都跑倒霉的第三名，掉在两个长了两条长腿的家伙的后面，他们是牛顿来的，其余有勃洛克来的人，有匹勃迪的，弗兰明恩的，昆赛和威莫斯的，萨莫维尔的，沃尔顿的，莫尔顿的，林恩的，切尔西的——妈的，哪儿的都有。

我和其他几个人一齐在起跑线上蹲下来，在地板上吐了一口唾液，用运动鞋刨了刨地，身体保持平衡，浑身颤抖，乔的发令枪还没有响就冲出去，接着只好再很不好意思地走着回来——他举起了发令枪，我们就要倒下了，心中纳闷，两眼盯着地板——砰！我们起跑，我挥起右臂冲出去，我两臂交替在胸前挥动，俯身猛向终点线冲刺。他们计时结果是三点七秒，我超出他们两码撞在终点线墙上的护垫上，心里高兴。

“瞧，”乔说道，“过去跑过三点七吗?”

“没有!”

“他们计时一定搞错了。但是现在你跑到了，两臂挥动很自然。好了！上栏!”

我们搬过低栏，木头做的，有几个还要再钉钉子。我们排好队，砰，我们起跑了——我每一步都算好了，等到我们跑到第一个栏的时候，我的左腿已经准备好了跨过去，我做到了，很快把栏踢倒，踩过去，右腿平行收拢腾越，同时挥动两臂。在第一个和第二个栏之间我跳、跑、伸、越，跨出必需的五步然后又跨过栏，这一回就我一人，其他人还在我后面——我跑到终点线三十五码两个栏四点七秒。

三百码是我无法达到的目标；那样跑的话就等于说我要尽力快跑将近一分钟——三十九秒左右——这是对双腿、骨骼、肌肉的一个可怕的疲劳折磨，呼吸，摆动的双腿，肺部——也等于说在第一个弯道咬紧牙关要与其他的人碰撞，有时候你会在弯道的斜坡上飞出去，一屁股重重地摔在尽是裂片的粗糙的地板上，口吐白沫的埃米尔·拉多常在第一个弯道重重地与我顶撞，尤其是在最后一个弯道，因为到了最后一个弯道，是我们气喘吁吁脸色煞白在最后二十码拼尽力气冲刺的时候——我会超过埃米尔，但是我告诉乔我再也不会这样跑了——他承认我是过于敏感，但是仍然坚持要我跑三百码接力（与莫里斯、米基·麦克尼尔和卡扎拉基斯编成一组）——我们是州里三百码接力赛成绩最好的，甚至在波士顿决赛的时候赢了圣约翰预备学校的大学生——所以每天下午我就得跑那该死的三百码，通常又都是接力，就是为了计时，陪跑的是另外一个小朋友，他落在我后面二十码，这样一来在外面踢橄榄球就不可能了——有时候女生们也会来观看她们的男朋友做田径训练，玛吉绝对想不到，她心情会这样抑郁，竟然会不知所措。

不多久就要训练六百码——一千码——跳远——推铅球——然后我们回家——吃晚餐——然后接电话——是玛吉的声音。晚餐之后她在洛厄尔[①]跟我说话——“我今天晚上可以来吗?”

“我跟你说了星期三。”

“星期三还早着呢——”

“你太心急了。”

——这时候，孤寂的夜色降落了，笼罩了生活中的洛厄尔整片温暖的屋顶——

① 玛吉家在洛厄尔城的南洛厄尔区。

一四

最后是六点钟推铅球，手指头将球小心托住，轻轻地顶在肩膀和脖子之间，然后踢腿，单腿一跳，扭动腰部，将球推出，推得又高又远——很有意思——这一训练结束以后我就去洗淋浴，重新穿好衣服，在我忙碌兴奋的重大日子里，又第三次大步流星地走在穆迪街上，坚定，青春，狂放——走上一英里回家。在冬日的幽暗里，在可爱一月刺骨严寒的冬日黄昏，巴格达式的阿拉伯深蓝色沉寂中——这样的气氛常常会把我的心掏出，那是最神秘的一片深蓝当中一颗刺眼而又温柔的星，像爱情一样搏动——在这一个夜晚我看到了玛吉的黑发——在猎户星座的映照下，她借用的遮光帽檐闪烁着透出牍皮纸的暗色，积雪上的月光生成游移不去的红润光环，围绕着这神秘的气氛。炊烟从洛厄尔干干净净的烟囱里冒出来。此时我飞快地在沃顿街、王子街和这古老纺织城另一片区域的街道上行走，我看到红砖慢慢地消失，融入了寒冷和玫瑰色的景色中——说不出话来——哽咽了——我父亲的鬼魂头戴一顶褐色毡帽，在肮脏的雪地上走着——“Ti Jean t'en rappelled quand Papa travailla pour le Citizen? pour L'Etoile?”（你记得你爸爸何时在为平民工作？何时在为命运工作？）——我希望那个周末我父亲能回家来——我多么希望在玛吉这件事上他能给我一些忠告——他在深蓝色和冬至日玫瑰色已消失的灰暗纺织城小巷内溜达，身边是长长的影子，嘴上喃喃地叫着我的名字，若有所失的样子——我快步走过图书馆，此时这里的窗户已经呈现出深褐色来，那是冬日的黄昏，学生们，那些常到阅览室徜徉的人，光顾的地方，里面还有儿童藏书室，书架上摆满了童话书，非常地有趣——古老的新教圣公会教堂深沉的血红色墙砖，褐色的草坪，形状参差不齐的积雪，举办演说的告示牌——然后经过皇家影剧院，让观众痴迷的疯狂影片，影星肯·梅纳德①，鲍勃·斯蒂尔②，经过沿着小街建造的法裔加拿大人公寓房，生机盎然的冬天的北方——圣诞节过后留着的灯泡——然后，啊，大桥，桥下河水的叹息声，从切尔姆斯福德③，从德雷克特，从北方吹来，给人以抚慰、贴着地面咆哮的风——橘红色、铁锈色不见消散的黄昏时分的天空，使得教堂的尖顶更为显眼突出，屋顶笼罩在静止的抑郁气氛中，远处是古老的山脊，山上有林木密集的铁锈色峭壁——一切都镌刻在、一切都搬到了这黄昏时分和冻结的静止里……我脚下的鞋子在桥板上响着。我的鼻子在呼哧呼哧地抽着。漫长而劳累的一天，而这一天离结束还早着呢。

我从纺织午餐馆窗前走过，透过被蒸汽模糊了的玻璃窗，看见低着头捏着拳头的食客，然后敏捷地拐过弯到了我家阴暗难闻的门口——穆迪街七百三十六号——阴湿的——一口气爬上四段楼梯。进了家门。

“Bon，Ti Jean est arrivez!”④ 我的母亲说道。

“Bon!” 我父亲说道，他已经回家了，脸上是东方式的咧嘴笑的表情，朝着厨房门口东张西望——餐桌上母亲已经放满了菜肴，

---

① Ken Maynard（1895—1973），美国电影替身演员。
② Bob Steele（1907—1988），美国演员。
③ Chelmsford，位于洛厄尔西南之小城。
④ 法文，哦，蒂·让回来了！

热气腾腾的，都是好吃的东西，他已经吃了一个钟头了——我朝他跑过去，在他深暗而粗糙的脸上亲了一下。

“嚯，我回来正好赶上你星期六晚上与伍斯特赛跑!”

“没错!”

“那你得让我看看你有多大能耐小子!”

“行!”

“吃吧！你来看看你妈妈做的酱。”

“我洗洗手!”

“快点!”

我洗完手，梳了梳头发进来，开始吃起来；老爸拿着他的瑞士军刀在削苹果。“唉，我在安多弗的日子到头了——还是现在就跟你说吧——他们在生产的旺季裁人——我可以到洛厄尔这儿的罗尔夫厂去碰碰运气——”

“Ben oui!”[①] 我母亲用法语说道。“你就在家里待着也强多了!”——她一说起来就掉泪，而且她说的话总是很入耳。

“行了，行了，”父亲哈哈地笑着——“我会尽力的。哎我的小淘气，你怎么样小子！哎，也许我可以在小宁上班的迈克菲公司找一个工作——哎，我听说你跑到哪里都跟一个爱尔兰小姑娘待在一起，这是怎么一回事啊——我看她人很漂亮，呃？不过你找小姑娘的时间还早呢。哈哈哈。唉妈的，我又要待在家里了。”

“又在家待着了!”——妈妈说道。

“嗨老爸，我用棋盘板给你来一盘橄榄球——你说怎么样?”

---

① 法文，就是!

"我刚刚还在想等会到俱乐部去滚几下保龄球——"

"好啊，就一盘——完了就跟你去滚保龄球!"

"那就说好了!"——他哈哈地笑，衔着雪茄咳嗽，咳得他涨红了脸，一边迅速弯下身子在脚上抓痒。

"好啊，"我母亲说道，很是得意，脸色通红，老头子又要在家待着让她感到高兴，"你们玩你们的，我马上收拾桌子给你们煮一壶热咖啡——唔?"

这时从北方欢乐寒冷的冬夜走来了虱子、比利·阿陶德和伊迪儿，满屋子立即响起了说笑声和哈哈声，接着我们就挑边，扔硬币，找搭档，开始玩起来。窗户上是慢慢结起来的霜，窗下是在一片寒冷和孤独的黑暗之中的灯火，而吐出雾气、迅速移动的影子则在灯火下快步经过，走向明确而渴望的目的地——

由于我不懂不赞美上帝就不配活着，我就悄悄地溜出厨房，到黑暗的客厅里去，很快地轻轻地打一个电话——打给玛吉——是她的小妹詹妮接的。玛吉接过电话只是用疲惫的声音说了一句，"喂。"

"喂——星期三晚上我要过来，唔?"

"我跟你说过了。"

"今天晚上你在做什么?"

"哦没做什么。我无聊得要流眼泪了。洛伊和他的女朋友正在——他们准备八月份结婚现在在打牌呢。我父亲刚离家去上班，他们给他打了一个短短的电话，你一定看见他匆匆地出门——他把他的铁路怀表放在梳妆台上忘记带了——他会急得直跺脚的!"

"我的父亲回家待着了。"

“我想什么时候见见你父亲。”

“你会喜欢他的。”

“你整天都在做些什么呢——我只是顺便问问……”

“我每天做的事都是一个样——步行去上学，步行回家打一个瞌睡，又步行回去参加田径训练——”

“一有空你就到时钟下面跟波琳·科尔说话去了，对吗?”

“有的时候，”我一点也不隐瞒什么，“这没有什么的。”

“只是朋友而已，对吗?”

从她说“对吗”这话的声调听起来，我看到了她的人和她的嘴唇，还想紧紧地抱她一下，叫她永世难忘。

“嗨——”

“要说什么?”

“如果你无聊得要流泪，那我今晚就过来!”

“行。”

“可是我没时间”(我自己都感到惊讶)。“不过我一定会来。”

“不要。你说你没时间。”

“我有时间。”

“你说你没有。”

“过一个钟头见。”

“没关系的……”

“啊?我马上过来。哎。”

回到厨房里我对爸爸和嘻嘻哈哈大笑的朋友们说：“哎，我想我要去见一下……玛吉·卡西迪……就是我认识的那个女孩……她……我们要……要帮她弟弟做家庭作业——”

“哦，”我爸爸抬起头来说道，眼睛里，那双非常蓝的眼睛里，显然带着惊讶的神情，“今天可是我回家的第一个晚上，你说了我们要去滚保龄球的——我们还要跟这几位小伙子挑搭档呢——”

“怎么样？我跟你老爸都不赞成，还有伊迪儿！”虱子大声说道，双手紧紧抱住自己，迫不及待地得意起来，然后又对我放低了声音，回过头来，存心要说给大家听，“那是玛吉·卡西迪吧？啊扎格，你这小子欺骗波琳·科尔，这可不好！嘻嘻！哎杜洛兹先生，我们现在叫杰克是扎格，你这小子——听着，”他一把抓住我的脖子皱起眉来，“他现在欺骗了科尔姑娘——我们把他扔到河里去，扔到雪地里去——”

“伊迪儿！”伊迪儿两眼闪烁着随声附和，还朝我伸出他的大拳头。“我要把你修理修理，杰克，把你扔到篱笆外面去！”我们就像摔跤手那样，面对面看着。

我妈妈焦急地说道：“待在这里，待在家里让——”

比利·阿陶德一边搓着双手，一边用尖细的声音说道：“他心里明白他输了！不肯接受挑战去滚保龄球——让他走吧！”此时厨房里一阵骚动，连天花板角落里的小蜘蛛网都飘动起来了，他最后这样得意洋洋地大声叫喊，声音比谁都响亮。“这样一来我们只剩四个人，我们就来一个保龄球晚会——杜洛兹太太替我们记分。”

这几句话引发了一阵嚷嚷声和笑声。在大家大声嚷嚷的时候我有了溜走的机会。我精力充沛，活力迸发，青春年少，正过着洋洋自得的日子，享受着十六岁的财富，于是我趁机溜出去，沿着悲惨流淌的黑黝黝的康科德河，穿过城走上三英里路，去找懒洋洋、反应冷淡的姑娘。

我乘上了公共汽车——在最后一刻躲开了父亲的双眼——心里对自己说，“看在上帝的面上我明天去跟他聊聊——”坐在公共汽车上心里感到愧疚，意气消沉，低着头，始终是一个没有用的东西，是不讨好的人，意志力也一点点丧失，人生就像劣质的金子，又短暂又美好。

那是一个星期一的夜晚。

一五

从波塔基维尔区到南洛厄尔区，乘公共汽车走的路线是环城的——沿着穆迪街，到达中学南面的卡尼广场，公共汽车车队，人们蜷缩着靠在汽水店、便利店和杂货店的店门口等车——阴沉的车辆碾着积雪，载着冬日的寒冷进站，又碾着积雪出站，驶进冬日的寒冷中——从林子里吹来萧瑟凄凉的刺骨寒风，林子因稀稀落落的几盏昏黄的灯而显出城市的样子——我在这里下车，换乘开往市南的公共汽车——一到站我总是会感到喉头哽咽透不过气来——公共汽车的司机在窗上摇出这个站名，一看到这个车站的名字我的心就会怦怦直跳——我会四下张望，看看别人的脸部表情，想弄明白不知他们有否看出其中的魔力——随着车子一路行驶，外面的气氛也越加阴森——从广场开出，沿着中央区，到后中央区，到市郊又暗又长的街道，在月亮寒冷的银光下，可以看到夜间降落在露天垃圾提桶上的隐隐约约的薄霜——车子沿着康科德河往外开，著名的河水吸纳了沿途工厂排出的污水——车子开出沿途工厂的外面——到了一条黑暗的公路，从公路分叉出马萨诸塞街，显现在一盏褐色无声的街灯的下面，狭窄、破败、老旧，但洋溢着我的爱和它的声名——我就在这里，在树木丛中，在河边，跳下公共汽车，绕开路中央的泥坑，走过马路右侧的七座小屋，来到她家布局凌乱的旧宅，外边没有设置篱笆，窗子棕色，屋顶上方树木的光枝条，在荒野、铁路车场和白霜之上突然生成的波士顿海风的吹打下发出噼啪声——在我急促的脚步声中，每走过一座屋子我的心就跳得更快。她家实实在在的屋子，实实在在地正照亮她的实实在在的灯光，沐浴着她，这灯光一点一点转变为珍贵的金子，可爱的魔力，这就是那跳动狂躁的惊讶之光——她家阳台有人影吗？马路上，院子里，有说话声吗？没有一点声音，只听见新英格兰沉闷呼啸的风声在冬夜的河边呻吟——我在她家屋子外的马路上停下脚步。屋子里有一个人影——她的母亲——在厨房的黑暗中摸索，在黑暗中转身，一切都历历在目，她把可口的食物储存起来以便他们有一天愧疚和伤心地带走，并且说，"我一点都不知道，我一点都不知道！"——不会说话的人，不会用大脑思考的芸芸众生，是无法理解的。

玛吉在哪里？风啊，你可有为她唱的歌？你有没有将她从工厂大院肆虐的午夜狂风中救出，让她的声名在石块、砖头和坚冰间回响？坚硬无情的铁桥在她温柔的眉间跨越？上帝放下他的铁弓，转身给她制作了一把蜂蜜和香油做的锤子？

时光的硬石上留下印着车辙的泥巴……泥巴有没有浇湿、迎来春天、变成一片葱绿、百花齐放，让我用血染的无名诗琴，呼叫她的名字，并且成长？冷树木的木材将用来制作她的白皮棺椁？结了冰花的石材做成的钥匙将打开我贫乏温暖的内心，让她将我软弱的罪过吞噬？没有铁会弯曲或者熔化，使我的辛勤努力变得容易——

我只是孤身一人，我的命运被关在一扇大铁门里面，我会像黄油一样来寻找烧热的铁作为爱的对象，我会让我身体里微薄的骨骼复活，然后放任自由，将它们劈去一半，黏糊糊的悲伤的大眼睛看着，但是一言不发。桂冠上的花环是铁制的，棘刺是钉子做成；酸性唾液，无法攀登的山，以及对茫然的人类无法理解的讽刺——让我的血液凝结、烦恼、低落、封闭——

“你来啦。你站在外面的路上干什么？你为什么要来？”

“我们不是在电话里说好了吗？”

“哦……也许你是说过的。”

这句话我听了十分恼火，我什么话也没有说；这一下她倒是得意了。

“什么事让你不好开口，杰基哥儿？”

“你应该知道。别叫我杰基哥儿。你原来就站在阳台上。我刚才没看见你！”

“我看到你在街上走过来。你下了公共汽车我就看见了。”

“外面很冷。”

“我大衣裹着很暖和。到我这儿来吧。”

“钻到你的大衣里。”

她笑了。“傻瓜。进屋去。家里没人。我母亲今晚到奥加拉太太家去看电视了，听一个歌手演唱。”

“我以为你不要我来呢。现在你高兴了。”

“你怎么知道？”

“你这样捏我的手我就知道。”

“有时候我觉得你很烦。有时候因为非常爱你而难受。”

"啊?"

"杰基!"说着就扑到我身上，整个身子都扑在我身上，紧紧地抱住我，偎依在我身上，抱着我，疯狂地、深深地、热烈地吻我——拼命地——平常在星期三或星期六晚上事先说定的约会，绝对不可能会这个样子——我闭上双眼，感到昏眩、不知所措、心碎、陶醉。

她把温暖、发烫的嘴唇贴着我的耳根，低声说道，"我爱你杰基。你为什么要叫我发狂！啊你让我疯狂！啊我多么爱你！哦我想要吻你！哦你这傻瓜我是要把我给你。我是你的，难道你还不知道吗?——一切，一切都是你的——你很傻杰基——哦可怜的杰基——哦吻我——用力——救救我！——我要你!"这时候连屋子还没进。到了屋里，就在吱吱作响的暖气片旁边的沙发上，我们当时能做的实际上什么都做了，但是我绝没有去碰她最重要的中心，前期颤抖的地方，乳房，她大腿湿润的中心，甚至她的双腿——我避开这些地方是要讨好她——她的身体像一团火，在柔软的裙子里是那样柔软而圆润，富有朝气——结实而柔软，浓烈——一个很大的错误——她火热的双唇吻遍了我的面颊。我们当时不知道在做什么，不知道该怎么办。黑黝黝的康科德河在冬夜里流淌。

"我很高兴到这儿来!"我欣喜地对自己说，"假如老爸能看到这一切或者感觉到这一切，现在他就会明白了，他就不会失望了——还有虱子！——还有老妈！——我要跟玛吉结婚，我要把这话告诉老妈!"——我拉住她的顺从、渴望的腰肢，她把她的骨盆紧紧贴住我，我为未来而紧咬牙关——

"星期六晚上我要到莱克斯大舞厅去，"她一边噘起嘴巴一边说道，此时我用一个指尖，轻轻地拍她的下唇，然后我用手撑在沙发旁边的地板上，她突然在我身上抚摸起来。（“你的身子好像是用岩石雕刻出来的。”）

“我会到那里去找你的。”

“真希望你年龄再大一点。”

“为什么说这话？”

“那样你就更懂得怎样对待我了——”

“要是——”

“别说了！你不懂怎样对待我。我太爱你了。又有什么用呢？啊真是——我太爱你了！可是我又恨你！哦，你回家去吧！亲亲我！趴到我身上来，抱紧我——”不停地吻——“杰基，我今天给你写了一封很长的信，写好又撕了——写得太多了——”

“我看到那封——”

“我最后还是把那封信送出去了——我第一封信里写了我要你跟我结婚——我知道你年纪还小，我是在中学摇篮里硬抱走了一个孩子。”

“啊——”

“你还没有养家的本领——你还要追求你的前途事业——”

“不对不对——”

“——当一名铁路上的制动工，我们就在铁道边找一所房子住下来，尽情地享乐，生孩子——厨房里的椅子我都要漆成红的——我要把我们卧室的墙都漆成深绿色——早晨我会亲你吻你叫醒你——”

“啊玛吉，这正是我想要的！”（玛吉·卡西迪？我不着边际地思索。玛吉·卡西迪！玛吉·卡西迪！）

“不行！”她给了我一记耳光——推开我的脸——生气了，噘起嘴巴，翻身起来，坐在那里把裙子重新整理平整。“听见我的话了吗？不行！”

我将她抱起来放到深色沙发上，重又卷起她的衣裙衬裙带子，放肆地嬉戏起来，大家都气喘吁吁满头大汗，浑身发热——几个钟头过去了，已经是半夜，可是我还没有玩够——我的头发散落下来了，遮住了她的眼睛。

“哦杰克，时候不早了。”

“我不想走。”

“你不走不行。”

“啊好啊。”

“我不想让你走——我就喜欢你亲我——别让那个波琳把你从我身边偷走。别那样朝我做鬼脸，我会起身走开——杰基——我爱你我爱我爱你——”她一边吻我一边在我嘴里说——吻我的牙，咬住我的嘴唇——她眼眶里含着泪水，她的双颊挂着泪珠；我们深埋在枕头上拼命打闹的时候，在我们沉浸在欢乐中的时候，在我们疯狂的时候，她烘热的身体散发出醉人的香味，夜——连续几个钟头——

“你还是回家吧，亲爱的——你明天还要上学呢——你早晨起不来了。”

“行玛吉。”

“早晨醒过来就对自己说你爱我——”

“我怎么能……要不……行……”

“明晚打电话给我——星期五过来——”

“星期——”

“我是说星期三！吻我！抱着我！我爱你我永远爱你，从来没有人这样爱过——我从来没有这样深深地爱过——不会再爱第二个人——你这该死的加拿大人你真是——”

“我不会走的。”

“走吧。跟谁都不要说起我。”

“谁也不会说的。”

“假如他们说了……”

“假如他们说了我也不会听的——玛吉我记着你说的铁道边的屋子，红颜色的椅子……我……我……不会——我不会跟任何别人有任何关系——永远不会——我会告诉——我会——我们会——啊玛吉。”

她抱住我驯服的脑袋，枕在她抚慰一切、像心脏一样跳动的膝头上；我的眼睛热乎乎的，能感觉到凉快抚慰的指尖，感觉到欢乐，感觉到摩挲和几乎没有接触的抚摸，感觉到女性美妙、迷茫、沉思、深入肌肤、深思熟虑、像大地那样深、像河那样狂的四月的爱抚——她那深不可测的春日思绪里沉思的河——黑黝黝的流淌的河水丰富了淤塞的心——像泥炭那样富有爱尔兰特性，像基尔根尼[①]的夜晚那样黑暗，像小精灵那样变幻莫测，红艳的嘴唇像我见过的爱尔兰海，像东海岸，像红通通的朝霞，像茅屋和绿色草皮那样大有希望，于是我因为也是一个爱尔兰人而热泪盈眶，迷失而永

---

① Kilkenny，爱尔兰城市，历史悠久，是大众旅游胜地。

远深陷在她的内心——她的兄弟，丈夫，情人，强暴者，占有者，朋友，父亲，儿子，捕获者，亲吻者，精明的人，求爱者，偷袭者，共眠的人，抚摸者，住在红房子里的铁路制动工，屋内有红色的婴儿床，星期六早晨，在明媚而高低不平的院子里欢乐地冲洗——

我在洛厄尔城的深夜步行回家——三英里的路程，公共汽车已经没有了——黑乎乎的地面、道路、公墓、街道、建筑工地的沟壑、工厂的场院——冬夜天空中无数的星星在头顶扩散开来，就像冻结的珠子、冻结的恒星，全都挤在一起相互连接，构成一个富丽统一的光芒四射的宇宙，就像无法捉摸、圆形空茫的黑暗中，一颗颗宽大的心，在跳动着，不停地跳动着。

然而，面对这一切，我奉献我所有的歌和长途跋涉时的长啸和呼唤，仿佛它们能够听见我、理解我、在乎我。

一六

整个洛厄尔城的人都在呼呼大睡的时候，我走在最后一英里的回家途中，想象着自己是一名远道而来的旅行者，要寻找一个落脚入睡的地方——“哦，不多久我就要走进这里面的一间屋子，上床歇息，我已经无法再走下去了，”——我在人行道松软的积雪上咔嚓咔嚓地走着，走过被月光照得一片银白的穆迪街公寓晾晒衣服的院子，走过夜间只亮着一盏红灯的出租车停车处，走过汉堡包午餐店，里面还有猜不透的人影儿，在烟雾腾腾、热气高涨的气氛中大快朵颐，又因涂满了字的窗子上的水汽而看不分明——我一天里第六次来到跨越大河、一百英尺长的大桥，看见桥下冰封时光的银白的涓涓细流在岩石间淙淙流淌，看见繁星点点的天空，在黑乎乎的深水里的倒映，听见吃着露水的奇怪鸟儿的呱呱叫声——我捏着鼻子一声不响、跌跌撞撞往回走的时候，里弗赛德街的树木发出了啪嗒声——“我看我该从这儿的屋子进去——不对是隔壁的屋子——哦，我看我该走第五个门洞——就是那里——我就进屋去上去睡觉，因为全世界的人都邀请我到他们家去睡，所以我进哪一个门都没有关系——”

于是我走进穆迪街七百三十六号，上了楼，推进他们没有上锁的门，听见我父母卧室里传来的父亲深沉的鼾声，然后我走进放着那张大床、墙上挂着《杰克跳过蜡烛灯》[①] 那幅画的空荡荡的卧室，心里说道，“啊，这是个舒服的地方，我看我就睡在这张床上吧，这些人好像都是很好的人，”——怀着奇怪而自找的、虽然莫名其妙但是非常欣慰的惊讶，脱衣上床睡觉，在黑暗中眼盯着黑暗——就这样我在温暖生活的怀抱里入睡了。

早晨我的两只眼睛就是睁不开，早餐的时候我又决定逃学，到维尼家去睡个懒觉。冬日的世界一片金色，灿烂明媚——

一七

维尼家是自暴自弃的逃学者的热闹处所，我们聚集在一起整天

---

① 十九世纪中叶流行的儿歌《杰克跳过蜡烛灯》配的一幅画。跳过蜡烛灯而蜡烛不灭即好运。

狂热地大喊大叫——“嗨 G. J.，快来呀，跟我一样今天就别去上学了，”我在里弗赛德街的街角这样说道，他就会过来，虱子也会来的。

“扎格，你要我放弃那是办不到的！”

有时候斯科蒂也会来，有时候臭鼬也会来，最后由维尼带头我们就开始搞得一片狼藉，大吃大喝，大喊大叫，屋子里还开着收音机，而有时候我们还会大打出手，扯下窗帘，害得在纺织厂上班的母亲花大力气才收拾干净——于是就换一个方式谈论起女孩子来，听小号手哈里·詹姆斯[①]的演奏，给大家写古里古怪的信——我们开始光顾乡亲俱乐部弹子房，那是小加拿大区[②]公寓后面艾肯街那块脏地方上的一座破房子——在这个破地方有一个九十岁的老头，两条十足的弓形腿，站在一个大肚子炉子的旁边，用一块旧法裔加拿大人的北美印第安人手帕擦鼻子，两眼注视着我们（用他那双红眼睛）把五分钱的硬币扔到破旧的台球桌上，给获得开球权的人。寒风从门缝里呼啸着往里钻；我们在那座破屋子里经历了暴风雪，从加拿大，从格陵兰的巴芬湾，铺天盖地的暴风雪一路横扫掠过装着平板玻璃的窗户——而当初俱乐部里只有我们这几个人，谁也不会想起要到这么一个破落的老房子里来——那是作家契弗[③]小说里、河岸边的当地酒鬼才有可能在夜间咬着散发臭味的烟斗进来的地方，那是一些随地吐痰的猥琐老头——Le Club de Paisan——守旧农

① Harry James（1916—1983），美国演员、音乐家，尤以小号手著称。
② 南北战争之后，十九世纪七十年代和八十年代，洛厄尔法裔加拿大人移居的地区。
③ John William Cheever（1912—1982），美国二十世纪著名小说家和短篇小说家，有美国的契诃夫之称。

民俱乐部——维尼一边尖声喊叫，一边在松动的地板上来回跳舞，暴风雪带来的寒气从松动的地板缝隙间透进来，但是那个炉子却毫不气馁，老头把炉火拨得旺旺的，又是添煤又是出灰，他生火就像进食一样得心应手。

“嗨老爸!”他们就这样叫他。我和斯科蒂对他很敬重，叫他一声“L'Père”[1]，他还能看天，始终很准。在我们迷惘麻木的儿童时代，许多年里他到了洛厄尔农民法语日，在懒洋洋的午后，就坐在穆迪街和利莱街木板屋的门口——婴儿不断地啼哭，他年老的耳朵听见一代一代的人来了又走了，哇啦哇啦地叫着。每玩一盘我们就扔给他一个五分钱硬币。“好了轮到我了，斯科蒂!”

“啊继续——硬币还没有倒——”

“揍他，你这个小鬼，揍他——”

他们打翻了一把椅子和一个水桶，而这个老人连眼睛也没有眨一下。这个破落屋子的外面是灰蒙蒙的暴风雪，在破屋的里面我们则是一片欢腾——我们每个人到了中年，就会被每分每秒变得越来越懒散的人生时光难以置信的重负所拖累，那是我们的母亲在我们刚摆脱她们的围裙，自从我们孩提时代最初的英雄事件发生以来，就挂在她们的眼睫毛上的重负。英俊的维尼的自豪就在他的眼睛里，在他的健康里，在他的尖叫声中。“你们老在不停地摇晃台球桌，我告诉你们，要是你们这些家伙再不住手，看我不把耗子叫来花它半个钟头才见鬼呢，我要去拿我的拳击手套和橡胶套鞋，在里面塞满螺钉螺帽，从地板上提起来用我全身的力气拼命地挥舞，要

① 法文，父亲。

是我不能将你们打翻在地、头脑开花、屁滚尿流、一命呜呼，我甘愿自己受罪。”我们也真看出来了，要是我们不住手他真的会干出这样的事来的。斯科蒂甚至什么话也用不着说，我们就在他的严肃沉闷的眼睛里看到了流露的杀气。要是突然之间有什么事发生的话，虱子就是一道骇人的闪电，你看不到他而且空气也不会爆裂——文绉绉的反叙法所谓讨厌鬼的具体化——我则是自鸣得意的样子，懒洋洋地靠在一个长凳上或是瞄准桌子，陷入沉思——眼盯着我的可口可乐。G.J. 的希腊式怒气则掩埋在他的温文尔雅、他的幽默和善良之下：——假如换成是其他地中海国家的人，他早就将西西里岛人从头到脚劈成两半，翻出黄色的眼白了。

一八

在这同一个时候，我的父亲在暴风雪中沿着洛厄尔商业区的红砖墙走，要寻活儿做。他两只脚迈进了阴暗潮湿的印刷厂——罗尔夫公司。

“喂吉姆，你怎么样，我想问问你们这儿有没有空缺，进一个有多年经验的整行铸排机操作能手——”

“埃米尔！我的天哪，埃米尔！”

“嗨吉姆。”

“你这是到什么地方去了？喂查理，你瞧，埃米尔来了——埃米尔好家伙——你在安多弗做什么工作，我听说——”

“啊没错，干得挺好的，瞎忙活，找点事儿干干——不过有个家了，你知道，还有两个孩子，杰基念中学今年冬天在田径队里跑步——哎我发现老科根不在这里干了。”

“不干了，去年四月里他去世了。”

“怎么会呢……唉，我也真是的。他已经七十多了是吧？”——两人都心情沉重，都说是这个年纪了——“唉可怜的老科根，我有好多好多回，看到他推着那辆破车飞快地跑，你会觉得，一个人就这么不停地干活干到死——”

“说得对，埃米尔——”很快思索了一阵——“其实埃米尔——”（而这时候这份工作已经敲定，因为在新英格兰除了埃米尔·杜洛兹之外，罗尔夫没有别的他立即肯要的人，而且现在又正值繁忙季节）“——上星期六晚上我给电信干活，他们大约六点钟的时候来找我，他们的正式工病了没有上班，于是我就说‘行，’这样就去了，老兄我去做熔化铅的活，做了比原先还要多的活版盘，装上十吨的卡车，干完活差不多已经是早晨六点了，坐了整整一夜，我的脖子、两只脚都麻木了——”

“我知道，吉姆——就在上个礼拜那个老白痴来找我，要我跟他一起去看表演，然后在一场比赛结束之后，就到比尔·威尔逊在那边旅馆的房间里，这都是在劳伦斯城的事，他开车把我从安多弗接来，我们曾经——啊，我们在那边看到好多漂亮姑娘跳舞你知道，嚯，霍利斯街上的那个宝石夜总会，我们还喝了几瓶啤酒，我跟比尔说，‘很对不起，我得去把活儿干完，比尔听了朝我看着，好像是在说我这样就得干到半夜了，’——”

在此同时有一个小孩手里拿着报纸在等着，要叫两个老家伙，一个老板一个胖子，闭上嘴巴不再唠叨个没完，可是他们就是不肯——

半个小时以后，埃米尔顶着风雪走在街上，嘴里衔着雪茄，一边还不住地咳嗽，假装斯文的步子，活像贝贝·鲁斯①或者W·C·菲尔兹②，也同样是噘着嘴，迈着小步，而且咧着嘴笑，用既蔑视又可怜的神情看着行人，两眼扫视洛厄尔城的每一条街道。

“天哪，这不是查理·麦克康乃尔老兄吗，自从我在一九二九年买了一辆福特以来，他就开着这种倒霉的T型福特车了，那是到望湖城野餐的时候，而即使是在那个时候他的脸上也是挂着同样失意落拓的神色，不过从我听说的情况看来他日子过得还不算坏——他在市政厅的那份工作收入相当可观，毫无疑问也没有把他累垮，他在高地还有一座房子——我对麦克康乃尔从来没有恶意，”——（他想笑，结果是不停咳嗽）——“唉，我看这就像收集雨水的桶侧翻一样，将他们一个一个都倒入偏远的艾德逊公墓的地下洞穴里，因此我们也就不会走那条路到波士顿去了……我所经历的这么多岁月，这么多岁月……侵蚀了……这座城市……那些体面的人……以及……不体面的人的……颜面……他们不肯……告诉我那是谁……我不知道谁来继承天堂、地狱、财富和金钱，以及所有那些无数巨大现金的出纳机，还有从此地到罗马教区然后又折回，途中所见的每一处坟墓的空地，天哪，这些都是我亲耳所闻、亲眼所见。他们把我处理掉的时候最好还是别多花钱，我躺在泥土铺成的床上是不会领情的——他们最好现在就明白这一点。哈哈哈哈！想到这里就觉得这座城——洛厄尔——多好，”他深深叹了一口气。

① Babe Ruth（1895—1948），美国棒球运动员。
② W. C. Fields（1880—1946），美国喜剧演员。

“哦，我看这是我的小女人挂窗帘的地方。这孩子就在厨房里收音机的旁边坐着，她的名字叫埃米尔。我觉得老太太是要叫孩子走到她那儿去，去拿一样好玩的东西，在此同时我觉得她拿了几根——草——摆放得还挺聪明的，这样我可以把她的野餐食物放到旁边去。我的太太很生气——行。上帝，告诉我是不是出什么事了，是否你不希望我再这样继续下去。我不过是想讨好。假如我没办法讨你的好，讨世人的好，也不能讨蒂·让的好，那么我也无法同时讨狮子的好，讨天使的好，讨羔羊的好。感谢你上帝，趁这个国家还没有没落，把这些民主党人赶走！”

在这平平常常的生活中、在这平平常常刺骨寒冷而阴郁的生活中，在这平平常常的一天里，这奇妙神秘的时辰，到这个时候为止，他一直在大声地自言自语，低着头踏着积雪，咬紧牙关顶着雨夹雪，帽檐耷拉着，他的外套已经变白了。

下午一点钟，一天的课已经上完，我和G.J.这一帮子人迈着大步匆匆地从乡亲俱乐部出来，撞上了我的父亲，他正顶着掠过城市大桥呼啸的大风，从穆迪街桥的拐角走出来，于是，我们稳步地踏着铺满积雪的桥板回家，这帮子人走在前面，我和老爸走在后面，哇啦哇啦唠叨个不停。

“四点钟要去参加田径训练——”

“星期六晚上开幕式我也要去——我说，我们一起去怎么样？”

“行。我们乘公共汽车跟路易斯·莫兰和埃米尔·拉多一块儿过去——”

“哦蒂·让，你田径方面表现出色我真高兴，这叫我的衰老的心感到自豪啊。今天下午我在罗尔夫公司找到工作了——看样子我还可以神气一段时间——真是的又神气了——唉，我还会有心烦的时候，不过别管我。政府我还要骂的，骂美国的世道变了，我小时候可不是这样的。这些别去理会，小子——不过也许等到你长大了你就会理解我的情绪了。”

“知道了，爸。”

“你觉得怎么样——哈哈哈——”

“哎呀，爸！”

“小子，你要说什么？”他心情迫切地转身看着我，一边哈哈笑着，两眼闪烁。

“你知道不知道，最后是谁赢了南方佛罗里达的威特尼马驹？”

“唔，我知道，我在俱乐部里用1比50押在他身上，真棒——唔，小——蒂·让——杰克——”（说话结结巴巴还是说不出我的名字）“唔小子，”口气严肃，若有所思，心情沮丧地抓住我的胳膊，最终明白我不过是个孩子。“唔孩子——唔儿子——我的小子——”他的眼睛难以理解地变得朦胧了，热泪盈眶，来自他生命的秘密大地，始终是黑暗的，未知的，自然流淌，就像河水的源头没有理由可说一样。

“这个时候会来到的，杰克——”，从他的脸部表情你看出来他的意思就是说死——“那么这样又会怎么样呢？也许你得认识天堂里的好多人，这样才能生活得好。这个时候会来到的。你不一定要认识一个人才能知道我所知道的道理——去期待我在期待的事——感觉自己是活着的，在漫长的一天里的每一分钟，心口里觉得是在死去——年轻的时候你想哭，而等到你老了你就想死。不过这个道理太深奥你现在还不懂，Ti mon Pousse（我的小大拇指）。”

一九

星期三的夜晚慢吞吞地到了。

“坐这里，挨着我坐。”

玛吉这样说道，她一本正经地坐在客厅的沙发上，她的两条腿交叉，双手抱着膝盖，头顶灯光通明，她的堂弟要给我们演示他的魔术是怎么变的。这是照着本子演示的欺骗小孩子的把戏，我没有一点兴趣（就像看电视一样），可是玛吉却十分认真，用怀疑的眼光注视着堂弟汤米的每一个动作，因为她说过，“他是个机灵鬼，你得留心他，他会玩弄非常见不得人的手法来捉弄你，他差不多可以说是一个鬼鬼祟祟的人，”——汤米是卡西迪家的姑娘们都爱慕、仰慕、人人喜爱的一个漂亮堂兄弟，他表演的时候，他生龙活虎倒立的时候，无论是在客厅里还是在厨房里，姑娘们都会笑声不断，他是个英俊的孩子，两眼炯炯有神，头发披下来遮住了眼睛，整天乐呵呵的，那些已经打发到床上去睡的小小孩们，在夜明灯照得墙纸像一朵淡淡的玫瑰的楼梯顶悄悄窥探——就这样玛吉注视着汤米、我则注视着玛吉——从我的眼角去注视她。今天晚上她比平时还要漂亮，她头发左侧插了一小朵白玫瑰，或者是别的什么花儿，而她的头发在额头两边落下，几乎遮住了她的眼角，嘴唇噘起（嚼着口香糖），聚精会神，满腹狐疑。她穿着花边领子，非常整洁，那天下午她到教堂祈祷去了，然后又到切尔姆斯福德路奥加拉太太那里去取蛋糕配料，准备晚上的聚会。她裙子的胸口位置别着一个十字架；中长的袖子袖口镶着花边；两个手腕上都戴着小手镯；两手交叉，白皙可爱的指头，那是我两眼注视、永久渴望紧紧握住的，但是我要等待——我非常熟悉的指头，略微显得凉，笑起来的时候，指头微微颤动，但是依旧规规矩矩地在手中握着——她两腿交叉，露出可爱的膝头，她没有穿长统袜，显出匀称的小腿肚，露出雪白的双腿，小巧的衣裙淋漓尽致地衬托了她这淑女般的身材。长发披在背后，又黑又密，柔软，光滑，卷曲——白皙的皮肤和阴沉怀疑、水汪汪的眼睛，比米高梅影片、斯堪的纳维亚和西方国家的金发女郎所有明亮的眼睛更漂亮——乳白的额头，梨子形的脸，年轻姑娘坚定、柔滑、自豪、挺拔的脖子——我仔细地观察这一切，这在那天晚上已经是第一百遍了。

“哦，汤米——别再玩花样了，把你的窍门告诉大家吧！”她大声道，非常生气地转过身去。

“就是！”贝茜·琼斯也大声嚷道，一旁看着的还有小詹妮和跟我们坐在一起、一边看报纸的卡西迪妈妈，玛吉·卡西迪的哥哥、跟父亲一样是铁路制动工的洛伊，则站在门口，一边吃着三明治、一边满不在乎地笑着，他的双手上还留着干活时沾的污垢，他的牙齿珍珠似的洁白，乌黑的眼睛流露出一丝爱尔兰人对戏法与花招的不屑一顾，但是又表现出对这些招数的同样浓厚的兴趣——因此这个时候也大声嚷道，“哎，汤米，你这个斗牛士把红手帕再耍一遍——这个是公牛，我看你是这样——”

我的微笑是要表示我对一切都感兴趣，但是在这糊了褐色墙纸，充满真爱的客厅里，我的心只为离我一步之遥、如此可爱的她而跳动，她，我的生命。

“喂，”转过身来面对着我，在令人惊讶的雪白浮雕宝石般的皮肤衬托下，乌溜溜又欢乐又阴沉的眼睛看着我，目光淹没了一切，吞噬了一切，审视着一切，“他变魔术的时候你没有看，你眼睛看着地板。”

“看着地板哪?”喜剧魔术师大笑道，“我所有的戏法都是骗人的！看好了洛伊!”

“唔。”

“来呀!”玛吉尖声说道。

“玛吉!”——妈妈说道——“别这样大声嚷嚷！邻居听见了还以为我们是要把猫儿淹死呢，路克·麦克加里迪手里握着拿倒了的黏土烟斗定会这么想，要是我真在这本杂志上，在这张照片上看到他的话!”笑起来的时候她那发胖的高大身体一上一下地抖动。我情绪低落的时候甚至觉得，将来有一天玛吉的模样也会像她的母亲一样，高大而肥胖。

“喂，杰-克！你这一回又没有注意看！我把去年变给贝茜的舅舅看的戏法再变给你看看，那天晚上他走出去的时候踩着了牛奶罐，还被老妈漆好了放在门口的椅子绊了一跤，摔在上面把它压坏了——当心!”说着便从原本坐姿优美的状态下一跃而起，满屋子去追她的堂弟，这时候她就像一个焦急得满脸通红的小姑娘，胸前别着一个十字架，而她一忽儿前还俨然是浮雕戒指上的淑女肖像。

后来——我们俩站在阳台上——她还没有进屋之前——发狂似的亲吻，因为贝茜还在屋子里与吉米·迈克菲嘻嘻哈哈——“哦回去吧！回家！回家!”我抱着她在我怀里大笑的时候，她气愤地揪我，我说了让她生气的话——她一阵阵地愤慨，一次次地噘嘴，两颊天生的红晕，可爱的皱眉和预先警示以及报以诚挚的微笑——

“好吧我走了，”——可是我又回来，开始和她嬉闹又吻她，不闹则已一闹就过头，她又生气了，这一回是真的生气了，这样一来我难受极了，我们都噘起嘴巴谁也不看着谁——“我礼拜一下午来看你，啊？”

“唔——”（她是要我礼拜六晚上来看她，可是礼拜六晚上我要参加田径训练，结束之后到半夜里，还要跟老爸到市区一家冷饮店，跟大伙聊聊比赛，评评谁得分最高——都是些名气很大胃口很大的人，夹着报纸夜里进出自助餐馆的人，这都是洛厄尔的风气，城虽小但是自助餐馆之大，对冷饮之热衷，却是很出名的，这是本埠报纸可以证明并且大肆宣传的，这是詹姆斯·G·桑托斯写的一个专栏，他跟我老爸在一家小报曾经一起共事过，而且还是G.J.的一个远房表哥）——玛吉那天晚上必定会说服我不要去参加一个莱克斯大舞厅的舞会，不是因为我田径训练跑累了，并且过多地与我的父亲待在一起，而是因为参加舞会到得太迟，花这个钱买入场券不值得——因为不想让玛吉觉得我是一个吝啬鬼，所以从来没有提起过这一点——她觉得实际上我是想偷偷地跟波琳·科尔溜出去，像一个货真价实的小城大亨一样，说不定半夜一点钟开着飞快的车子，到望湖城兜风，酿成黑夜悲剧——“那就不要来了。”

“那样更好——我还没有洗完淋浴就已经十一点半了，”我说道。

“布拉德华斯将会到莱克斯舞厅来。”

“查理？”我很觉得意外；查理是我过去在橄榄球队的朋友，有一个晚上在舞会上我偶然碰上他，他这才偶然遇见了玛吉——他对玛吉公开表示关注，我也没有很放在心上，她从来就比较随便——

实际上他倒是跟我很认真地谈论起她来。

“M. C.，”说到她的时候，他用她名字的首字母来称呼，“小子，老 M. C. 她会很恼火的，假如她知道那天你没有去参加田径训练，比尔——”（他有时候还叫我比尔，即魔鬼比尔）——“我们这些魔男和她们那些魔女，必定是要纠缠在一起的，”——谈了不少从本埠报纸洛厄尔《太阳报》每晚刊登的一组大力水手波派卡通连环画上找来的话题，“所以我们魔男们得小心提防那些魔女，M. C. 二号，”（他对我的事情那样感兴趣，把波琳·“莫伊”·科尔叫作 M. C. 二号，她的名字首字母也正相合——这些都是在我们中学生活愉快的早晨的事，下面说的就是发生的这些错综复杂的事，我们脑子都装得满满的）——

“行啊查理——你就接收 M. C. 二号吧，我会到天堂来找你的。”我们说起笑话来；有一回他带我到他家里去，拿出他的剪贴簿来给我看，上面贴的都是二三十年代的棒球明星的照片，都是些非常了不起的老明星，他们的骸骨早就埋葬在破损的档案卷宗里，记载了红日西沉、不留一个人的第九局——尽管对于岁月造成的惊人的破坏，以及岁月给包括棒球明星在内的男人的皮肤和下颌骨带来的死相，他怀着年轻人的漠然无知，但是他在他的一九三九年棒球明星照片中，非常认真地收集了经济大萧条时期辛辛那提左守场员苍白的老面孔，当时他们从一个未成年人刚出道（约翰尼·迪林什么名气还没有呢），还有老球员的名字，达斯迪·库克、怀迪·莫尔——基基·奎勒——约翰尼·库内——海恩尼·曼奴希——右中场站着一动不动的形象永久消失了，一张被太阳晒黑的表情紧张的脸，坚定的腿，随着一记尖声细长的哨声划破体育场气氛的寂静，等待着球棒啪的一声响，球在接手手套里深不可测而沉闷的噗的一声，以及随后裁判的叫声呜——哟！整个下午都在三垒区叫喊的那个人现在又用双手罩住嘴巴，朝着紧张地举着球棒的击球手发出奇怪、绝望、小声的叫喊“呀——呀！”一架飞机嗡嗡地飞过——这都是我听见和看见的，这些照片全都模样悲惨地，用白面制成的糨糊粘在他最宝贵的本子里，摊开在他家的客厅地毯上。然后我们又赶到蒂米·克兰西家去听贝尼·古德曼[1]和阿提·肖的爵士乐唱片，克兰西将担当春季洛厄尔中学棒球队的接手，从他在学校、市里进行竞选演说，曾经当过一日洛厄尔市少年市长，桌子上放着一张他的大照片等情况来看，他最终还将当选美国总统，他的名字我在前一年洛厄尔中学棒球总分表上，怀着敬畏之情看到过——这些情况都是在午后放唱片的时候高声讨论的，是不可避免的美国中学之春的新鲜人生激情。我很喜欢布拉德华斯，到春季我们将代表洛厄尔一起担当外场手，他的名字（布拉德华斯）是许多年来我在洛厄尔中学和黄昏棒球联赛的总分表上，看见就叫人目瞪口呆的那一类——我很敬佩他，当最初的绿色床垫弹簧似的草皮，开始在洛厄尔高地区草坪（在橄榄球场地划线依稀可见的左侧）褐色瘦细草茎中显露的时候，他将教我怎样击曲线球——我喜欢他说话的语气，“啊，这个人会把他们打出一英里，去年有十七个三垒打，比尔！你等着看泰菲·特鲁曼今年的投球吧，他投球一直非常棒，而今年就是他的黄金时代！”一切都展现在眼前，泰菲·特鲁曼是个时髦的左撇子，门牙露出一个大缺口，举手投足显出惊人的

① Benny Goodman（1909—1986），美国摇摆乐之王。

懒懒散散的样子，正是一个投手该有的模样，十足的穿宽大衣服的左撇子投手格罗夫的模样——他的表现是出色的，波士顿在全国联赛中排在他的后面——布拉德华斯对玛吉的关注似乎在我脑海里一闪而过，我觉得事情并不严重，因为我不会去注意他们，我相信她只爱我一个人。所以星期六我参加田径训练，而她要去与他会面。

“我会把 M. C. 一号领回家，好好照看她，”查理朝我眨了一下眼睛——他的鼻子略微呈钩状，下巴尖得很滑稽，加上门牙上的缺口和富有魅力的松垮样子，他非常夸张地像一个中外场守场员，即守场员布拉德华斯，第一击球手——他的左撇子球棒划出一道弧线，迅速向右外场击出一个令人吃惊的一垒打……他的球棒涂成比别人更淡的灰色。淡灰色还是他头发的颜色。

“那好比尔，我把 M. C. 一号带回家，保证后面没有人开着车子要把她抢走，”说完他转过身去，无所谓的样子，仿佛表面上他真是在开玩笑，存心捉弄，或者是跟通常一样随便说说，但是他又装得非常严肃认真，因此我相信了他，非常善良温顺地看着他——恨比爱更古老[①]。我不反对表现得善良温顺，因为我母亲跟我讲过很多关于我的小哥哥的故事，他九岁的时候去世，吉拉德是一个非常善良温顺的人，他会把捕鼠夹上的老鼠放生，放在纸板箱子里救活，这纸板箱既是医院又是顶礼膜拜的教堂，他的可爱的小脸会对着这纸板箱，忧郁的头发轻轻地落下，遮住了忧郁的双眼，依旧抱着无法实现的希望——他死的时候大家都痛哭了，发自肺腑的痛

① 弗洛伊德在 1915 年写的论文《本能及其变迁》中写道：“恨，就其与对象的关系而言，比爱更古老。”

哭。啊，俄罗斯！还有美国的圣徒！

“那你就回家去吧，”玛吉说道，“星期天之前我见得到你还是见不到你，我都无所谓。”

“星期天我会很早——”

“啊——”她非常不满地将手一挥，然后又猛然变得莫明其妙地温柔和伤心。“啊杰克——有时候我觉得很烦……”

“烦什么？——”

“啊没什么。”她转过脸去，她那随意迟钝的微笑充满了浓重的女人味，而在这微笑的角落流露出一抹痛苦的表情……太浓重让她承受不起……她对于周围发生的一切都要厌烦地点头表示理解，这种态度带来她承受不起的重负——一个女人带着莫名的表情，望着流淌的河水。她的波动而不可思议的情绪，冷静，深沉，略显残忍，就像对猫儿的头颅和胸口实施暴行那样，就像把白痴淹死那样，这些都是我们对现在的春天所预期的，两手松开，心中狐疑，撑着两腰摇着脑袋，只有长了黑睫毛的眼睛里不屑一顾的一点儿怀疑，不仅如此，随意而丑陋、充满了洋洋自得的女人气的愚蠢人性、一丝模仿的残酷的咧嘴一笑，我很想扯下她的嘴巴杀了她，蓦地内心深沉温情的盈溢，痛苦、阴郁，额头呈现乳白的皱纹，变魔术的手指头让井底的月亮升起，其实井底就是母腹，是天性，是黑色的草皮，是时光，是死，是生。“啊回家去吧——杰克——让我睡觉。今晚我要睡觉。”

“不行，玛吉，你现在这个样子我不想一走了之——”

“你还是走吧——我没有怎么样。”

“不对，你就是有事——”

“有什么事？不过就是因为不舒服有点烦——烦这——烦那——我知道是什么烦——你知道是什么烦——我就是想离开，要回家去——”

“你就在家里。那就是你家的门。”

她皱起眉头看了一眼，说道，“是啊。家。行。睡觉。”

“难道你不在家吗？”

“别的时候去想家，是我的家又怎么样，我不必兴奋过头——”

“我不是——”

“你什么也没有。哦杰克——”（她的声音听得出痛苦）——“回家去——待在家里——做点事——每天到处晃荡，那我是受不了的，不知道怎么办才好，不知道该不该结婚还是——胡扯——什么事也不做——啊我的天哪，你还不走啊！”（这时我正抓住她要吻她）——“你放开我！”

她把我的手推开。

我转身离开，走进黑夜。

我刚走过四间屋子就感觉脖子灼热僵硬，在这寂静冬夜孤独的星光里她在说话，非常清晰，“哈哈，”然后我听见她进屋，啪的一声关上门，这“哈哈”声不是笑出来，而是说出来的，这不仅说明她没有跟我吹，而且说明她做到了今晚把我甩掉。

我不能面对我自己从思索中得出的结论。

我踏着疲惫的脚步，心中是纳闷、憎恨，也感到震惊，然后明白了这并没有什么；我途中经过墓地，心中茫茫然为这些巫术折磨所困扰，不知是这个玛吉还是那个玛吉，我没有去注意鬼魂，没有注意墓碑，现在想起来，那只不过是我关节迫不及待地抽搐的背景而已。

我又走了三英里路回家，而且是在隆冬的午夜，不过这一回走得并不快，心里也不欢乐，而是情绪低落，前面没有目标、后面没有退路——到了一条马路的尽头，夜所能做的也就是延长它的距离——

然而到了第二天早晨醒来的时候我又想通了，觉得不但她会来说一些表示道歉的话，而且我也应该大笑，不要再去想这件事，不要再去想她，而她还会继续攀爬。

我的母亲看出了我心里的疙瘩，她劝我——“不要再在这些乱七八糟的事情上伤脑筋了——多想想你的田径和功课，别去管古斯·保罗和你那一帮子人，他们只会拿烦不完的事围着你转，跟他们说再见吧，也别去管那个玛吉·卡西迪了——等到春天来了，或者到夏天再说吧——做事不要草率，什么事都不能草草率率，跟谁都不能草草率率——就听你老妈的一句话，好吗?”然后她就朝我眨一下眼睛，拍拍我的脑袋，安慰我。“我没有生气，我。”我的母亲走到厨房中央站定，墨黑的头发上扎了一根带子，两个蓝色大眼睛，两边是红彤彤的面颊，她的两只手握着，扶住腰眼靠在椅背上，轻轻地，一时又严肃认真、一本正经地看着我，对于重大事情的深刻领会就落实在她的嘴唇上，流露在她眼睛的闪烁里，“妈妈会一如既往告诉你如何处理事情，一切都会妥帖解决的，猜猜看礼拜六晚上我会给你什么?”

“什么？Quoi?”

“一双漂亮的新鞋，你去参加田径训练要换运动鞋的时候，人家就不会说你脚上穿的是旧鞋子，tes vieilles son pu bonne，”她会这样说，是截然不同的专断蔑视、深信不疑的语气，她俨然是一个制鞋工在评说一双鞋子的损坏情况——“所以我就在汤姆·麦克安公司给你买了一双漂亮的新鞋，没花多少钱。”

“啊老妈，tu depense tout ton argent!（啊，老妈，把你的钱都用光了！）”

“Voyons，ta besoin d'une paire de bottine，ton pere itou，fouaire n'achetez avant l'moi est funi lui itou——weyondonc——（听着，你要买一双鞋子，你爸爸也要买一双，到这个月底总要买一双给他——听着！）”——很生气，居然这样一件事都办不成，就在我们一边吃早餐一边闲聊时，她跑到厅里整理了一下沙发扶手上的网眼装饰。

“啊老妈，我爱你，”我心里这样说，可是我不知道怎样大声对她说出口，不过我知道不管怎么说她都知道我爱她。

“还是 mange，吃吧，别管它了——不过一双鞋嘛，又不是去买银餐具逛瓷器店，唔？”又是点头，又是眨眼。我心怀真挚的爱，一动不动在那里坐着。

夜里我跪在床前祈祷，然而我的脑袋却耷拉在毯子上，两只眼睛垂着，只把时光来消磨。我一动也不动，想要在冬夜祈祷。

“把我的头颅，我的鼻子，都化掉、都融化：就把我的身子融化成一个有知的整体——”

二〇

那个星期六晚上我前往室内径赛场，老爸跟我一块儿去的，坐在公共汽车上一路没完没了地唠叨，“哎，所以我就对某某说，”——

“哎老爸，t'ren rappelled tu quand qu'on faisa les lions——哎老爸还记得我们模仿狮子吗？当时我四岁，我们住在布里奇街，你抱着我坐在你的膝头上，学着野兽的叫声！还记得吗？还有小宁，记得吗？”

“Pauvre① 小宁，”我父亲说道；只要你跟他聊聊天，他话就多了，兴致很浓，“想起来就叫人难受，这个可怜的小姑娘会这么倒霉——！”

“——我们就一齐竖起耳朵听着，你学着狮子的吼叫。”

“真有趣，我跟我的孩子做游戏，”愁眉不展茫然沉思了好一会儿之后，他这么说，他在想消逝的青春，认错了屋子，古怪的倒霉事，莫名其妙的流言蜚语，休息室里人们精疲力竭、浑身酸疼、感觉难受、很不自在，想起自己的过去既有得意又有惋惜。公共汽车开进了市中心。

我给他讲解我参加的径赛训练，这样他就能够看得懂晚上的比赛了；他知道 3.7 秒是我的最好成绩，那天晚上有一名北伍斯特队的黑人参加，据说他短跑时就像一只速度快得像闪电一样的老鹰；恐怕那天晚上我在我们这座城市会输给一个黑人，就像附近新月饭店和莱克斯大舞厅里的年轻拳击手，在跳爵士乐舞的场子里排好椅子、围起绳圈时的想法一样。我父亲说——“要快跑，打败那个家伙；他们跑起来就像闪电！像非洲的羚羊！”

---

① 法文，可怜的。

“哎老爸——波琳·科尔也要到那边去的。”

“哦——是你另外一个女朋友？小波琳，呃，我倒喜欢那个小姑娘——太糟了你跟她合不来，她一定跟你那个住在河对面的，叫什么玛吉的小姑娘一样好——”

“她们不一样！”

“啊，得了，你也开始为女人伤脑筋了！”

“那么，你要我怎么办？”

父亲举起手来。“别来问我！去问你妈妈——问那个老牧师去——去问提问题的人——我不知道——我也不假装知道——我就是设法在这个世界上混下去——你们都得和我一起共事。你将明白事情会很糟糕，Comprends?”[①] 就像一位大叔对街头角落里的傻子喊叫一样，他大声地用法语说，给我解释用英语根本无法表达清楚的意思。

我们一齐随着公共汽车俯身向前，进入了市区。他戴一顶毡帽，我戴一顶有耳罩的狩猎帽；这是一个寒冷的夜。

在灯火辉煌的新搭好的建筑外面，黑暗的马路上挤满了人，就好像教堂仪式结束突然人拥出来，他们都朝径赛场拥去，一个街区之外是一个老教堂，高耸的大树，红砖砌成的工厂，一家银行的背面，市中心卡尼广场艳丽夺目，在漆黑的屋顶和远处霓虹灯招牌背后透着光亮、轮廓模糊。橄榄球队的教练也从一个郊区小镇赶过来观看比赛，现在站在大门口与人聊天，对方可能是一家体育用品商店的老板，也可能是冷饮店的老顾客，对于一九一五年（如德国举

---

① 法文，明白吗？

办的欧洲田径赛）以来的田径纪录，记得清清楚楚；我跟父亲不好意思地挤过人丛；我父亲咧着嘴东张西望，寻找他认识的人，可是一个认识的人也没有发现。场子里面神秘莫测，而在新搭建的建筑和田径场的大门口围满了人群，外面排放着跑道弯道围板，就像马戏场的道具，又大又脏。那些是检票员。一群乱七八糟的小孩子到处蹦跳。“还找得到座位的话我就坐到看台上去，”老爸说道，“你出来我就招手，”

“我会看见——”可是我老爸以为我说的是“我们再见”，所以他已经蹒跚着挤过人群往里面去了，他绕过斜坡，进入场内，找到了他的硬板座位；另外的人穿着大衣站在场地中央唧唧喳喳谈论着。小孩子们穿着运动短裤已经在来回奔跑，待到他们年龄过了十四五岁就会穿印着校旗、带风帽的服装和长滑雪裤；大一点的孩子在里面不紧不慢地换衣服。那个著名的神秘黑人飞人躲在对方队的淋浴间里——我感觉得到他魁梧的身躯就像一头大狮子，——黄褐色尾巴像一根皮鞭抽打在平滑的地板上，那咆哮声，那尖锐的牙齿，他的宣誓只有一声咆哮，没有友善——别的狮子的咆哮声更加地深沉——我的想象来自马戏团和排版凌乱的杂志；我匆匆穿上田径鞋，傻乎乎地朝四下里张望。

别的人也来了——约翰尼·莱尔——跑得很滑稽的田径队长迪比克——闻得到搽的油，毛巾的气味——

“喂杰克，今天感觉怎么样？”约翰尼·莱尔从嘴角挤出一句话来。“你觉得今晚我们这场三百码能胜出吗？”

“我倒希望我不用跑。”就像每站停靠的火车，很累。

“梅里斯今晚也要跑——还有米基·马奎尔——卡扎拉基斯。”

“天哪，跑不过他们的。”

“乔要我跑第二棒，可是我不知道那条线路——你们知道，我是跑一千码的，我不想垮掉，把我的小命跑没了，把腿跑折了——”

“我早知道我是要跑的，”我大声说道，真是满腹牢骚，可是约翰尼没有听我说完，因为就在这时我们感到一阵紧张，我们知道现在没时间聊天，二十秒之后我们就都把赛跑风帽和派克长裤收集起来，穿上硬橡胶底的足尖舞小运动鞋，踏起小步来，这种鞋子能吃住室内场地的木头地板——钉鞋是更加现代的中学全软木跑道上用的。穿上这样的绷紧的运动鞋很轻，你真的可以飞跑。

我看见波琳站在门口。她的模样从来没有像今晚这么艳丽，蓝得刺人的水汪汪的大眼睛紧紧盯着我，就像蔚蓝的大海，像她这个年龄，所有戴毡帽的男人见了都会偷偷地回头再看一眼。我的反应只能是木头似的站在那里先让她走过去。她靠在墙上在我面前扭动着腰肢，双手握在背后，我只是笑了笑，她说着亲昵的话。

“哎我打赌，你会在四十码线后面寻找我的身影的，唔？我会挥挥手。你也朝我挥挥手。”

“行。”

“千万别说我没来这里看你，是因为我不爱你了，懂吗?”——靠得更近了。

“你说什么?”

“我觉得你不可能一下子就明白我的意思——假如你对我发火，我就跟你算账。”她咬牙切齿朝我紧握拳头。而她的两只眼睛一直没有从我身上移开；她心里在爱着一个人，可能是爱着我，可能是在恋爱。我的内心很痛苦，要爱玛吉就非得放弃她。可是我不可能马利亚和玛格达琳两个合在一起都要，[①] 所以我自己得拿定主意，做一个选择。可是我不想做一个粗野的人，做出让波琳伤心的错事——假如粗野得过分，假如太粗野。所以我很严肃地望着她，一句话也没有说，然后便出发朝跑道走去。她是在可怜我。“真是好笑的家伙！”她一定还这样想——“从不会来认错。”很像浮士德。[②]

二一

伍斯特队的人出来了，穿着蓝色运动衣在斜坡上慢跑，与我们有亲切感的红灰色运动衣相对照，他们的颜色给人以不祥和格格不入的感觉。——突然间他，黑色飞人，出现了，在远处的角落里，跨着鬼影似的双脚，瘦长的身子在飘动，两只灵巧的脚抬起来又放下，做着试跑的动作，仿佛一旦各就各位他就会像离弦之箭飞跑起来，你能看见的唯有一闪而过的白色袜子，头像蛇一样伸出去飞跑。跨栏是他的专长。我则是一个不很神气的田径运动员。可是，尽管在新英格兰室内灯火通明的夜晚，在激动人心的田径运动会上他跑得飞快，但是他并不想和十六岁的白人小子杰克较量，一张报纸照片上看到他双手在背后握着，小孩子的白色运动短裤和白色的

---

① 马利亚和玛格达琳两个名字合在一起即一个人，通常是指耶稣的门徒、目睹耶稣钉死在十字架的几个女人之一，马利亚·玛格达琳（Mary Magdalene），即抹大拉的马利亚。故事见《圣经·新约·路加福音》第八章第二节。此处意即杰克同时爱波琳和玛吉是办不到的。

② 浮士德是德国民间故事中的人物，他与魔鬼签订契约出卖自己的灵魂以换取知识和魔力。这个名字的现代含义常指一个人的“刚愎自用”、“一意孤行”。

背心，因为我刚过了十五岁，年龄太小，不能穿正规的田径运动服，两个招风耳，稚气未脱，一团墨黑的头发堆在方方正正的凯尔特人的脑袋上，脖子僵直托起脑袋，粗壮的脖子下面是锁骨上的肌肉，两侧肩胛的肌肉朝粗壮的两臂倾斜，白色短袜之上腿部肌肉发达——一张多愁善感的蒙娜丽莎式的脸上，长着一对目光冷峻的眼睛——颌骨凸出。像十九岁时的棒球运动员米基·曼特尔①。另一种速度和需求。

第一个比赛项目是三十码短跑。我很得意地发现那个黑人明星不在我的小组，所以我在小孩子一组里轻轻松松得了第一名。他在他那个小组预赛中超出几码得第一名，他两腿飞快而轻松到达终点时，抓住了终点线而且影响到了现场原本沉闷的氛围。决赛的关键时刻到了。在起跑线上我们相互连看都没有看一眼，在我看来他太忸怩了，而他觉得我太困惑了，这就像两国的勇士站在一起，在他的眼睛里确实透出了恶意，一张棱角分明、诚实的脸上长了老虎的眼睛，所以你的这位黑人只是一个农民，他跟你一样也做祷告，跟你一样也有父老兄弟——诚实的人们——法裔加拿大人印第安农民和黑人农民，在周围人群的怒吼声中争夺领土，面对面举起长矛战斗，然后倒在草地上。波琳圆睁着双眼密切注视，我看得见她，胳膊肘支在膝头上专心致志地微笑着，观看整个田径运动会激动人心的比赛以及场上的每一个人。田径场的中央是大会的官员，拿着跑表，名单，我们都是在准确地按照洛厄尔《太阳报》记者开列的赛程进行比赛：

① Mickey Mantle（1931—1995），美国著名棒球运动员。

三十码短跑——预赛第一组（成绩 3.8 秒）——杜洛兹（洛厄尔），史密斯（伍斯特）

预赛第二组（成绩 3.7 秒）——刘易斯（伍斯特），卡扎拉基斯（洛厄尔）

决赛

结果出来了，他在小组赛里跑出了 3.7 秒，我则跑了 3.8 秒，就是说有一码之差，他的强大速度是毫无疑问的。他两臂放松肌肉发达青筋突出。他要擂起鼓来对付我粗犷的男高音。

我们在起跑线上蹲下来，马路上突然刮来的一股冷风叫我们瑟瑟发抖；我们在地板上吐了一口口水，用胶底运动鞋踢了踢，固定了胶鞋的位置，蹲下身体像是要爬行一样，不过有大拇指和食指的支撑。俯身试了一下膝头，晃了晃身体，平衡了一下。观众看到了赛跑选手的兴奋劲——赛跑的人就像斯巴达的希腊人——发令员在空中举起发令枪的时候，苏格拉底式的沉默降临观众人群。让我感到吃惊的是，我从眼角看到那个黑人几乎是趴在地上，采取难以置信的低位投射起跑姿势，那是极现代的做法，像博普爵士乐一样，从水下、从地下冒出来似的，像一代人的新姿势。这是在模仿著名运动员本·约翰逊，他六十码正好跑六秒，这位从伍斯特贫民窟[①]走来的孩子，非常想模仿三十年代后期哥伦比亚黑人短跑名将，这个难以置信地以十分之二秒之差打破世界纪录的人。后来成年以后我看到美国黑人孩子模仿萨克斯风吹奏家查理·派克，在街头也用

① 伍斯特是美国新英格兰地区仅次于波士顿的城市。

"呆子"这个绰号称呼他们自己，我第一次见到我所深刻理解的早期博普一代的这个姿势，真是如出一辙，并且有过之而无不及。我们的身体摇晃着支撑在焦躁不安的手指头上，并且即将变成事实，砰，从思考飞跑到撒腿飞跑，从起跑到撒腿速跑的这一声响。我的朋友——他的名字是我不想去记的黑人名字，不为人所知不为人所闻——他的名字叫约翰·亨利·刘易斯——他抢在发令枪之前就冲出去，于是我们大家都偷跑，待枪再次响起命令我们回来，他已经跑在前面——我们重新调整自己，准备经受再次起跑的痛苦。我蹲下身子，在我左侧看到了他，蹲得很低，很放松，准备飞跑——就在我脑子里非常有把握地觉得发令员就要打响的时候，他就冲出去了，不过这时候我已经起跑。我在飞跑，很幸运没有犯规，正好与发令枪同时——除了我和发令员谁也没有感觉到，而发令员就是乔·加里迪，对于犯规的偷跑，他知道得一清二楚，凭他的知识、同情心和责任心，那是不可改变的（不会欺骗）。我跑在我身边的黑人前面，跑在我的吉姆①的前面，我眼睛半闭，不想看到他的黑皮肤在我胸前闪现的可怕情景，然后抢先冲刺，而这时我刚开始意识到他在追赶，因为他惊呆之后发力太迟，知道自己怎么说也已经落后而且是在精神上。别人也没有全部淘汰——约翰·卡扎拉基斯刚找到自我，认识到他真是一个多么了不起的运动员，紧跟约翰·刘易斯只差半英寸，与我只差一英尺也逼近了。但是我发挥肌肉力量的前冲，同样打败了身体瘦长的短跑名将，而且全凭意志力。这

---

① 吉姆（Jim）原指马克·吐温小说《哈克贝利·芬历险记》中的黑奴孩子，是一个富有尊严的人物。可见小说中的杜洛兹对黑人运动员刘易斯怀有敬意。

就像我曾经看到的比利·卡尔的情形，他跑得太快脚上绊了一下有点儿在空中挂住，然后双脚调整了一下，全凭有力的肌肉和真诚的力量，名副其实地在空中扑向终点线，三秒五，一个中学生赢了大学生短跑选手……比利上了圣母学院，这所大学之所以有魅力，是因为在洛厄尔人们的心目中，它是安多弗大街华灯齐放的夜晚浓荫掩映下的瑰宝，夏日里即将毕业的可爱姑娘们在枝叶婆娑的街灯下散步，灌木丛、车道边、铁栅栏旁的忧伤，噘起的嘴唇下护着一块方巾……

我由于战胜了约翰·刘易斯因而赢得了欢呼声，自己也感到惊讶——我从靠在墙上的垫子跳出来的时候，偷偷看了一眼，瞥见了他的眼白，知道他认输了。他甚至还摇了摇头，偷偷对我说“你厉害”，要不就是“妈的”，往回走的时候我们还一齐儿大笑。

他们正在摆放三十五码跳栏，忙忙碌碌，七嘴八舌的，记者已经打出了比赛成绩：

三十码短跑——决赛（成绩：3 7 秒）——杜洛兹（洛厄尔），刘易斯（伍斯特），卡扎拉基斯（洛厄尔）

波琳在挥手；老爸做了一个 OK 的手势。我战胜了鬼影。“啊，”我心里在说，“老妈这下高兴了——她会发现我跑步和读书都很卖力，而且我越来越熟练。她会自言自语道，‘行啊，蒂·让，现在做正经事了，回家也做功课了。’——我可以整个星期天在家里坐在椅子上一句话也不说——是我们全家得了第一名。”我看见老爸乐呵呵的。“瞧他笑得合不拢嘴——他在跟旁边的人说话——

是我父亲的敌人！——今晚他们离得远远的，没有靠近——他们的秘密今晚没有叫我难受——实际上我们并不认识他们，不知道他们家住哪里，不了解他们对我们有多么冷淡——还没有等到半夜我们就已经将他们忘得一干二净了。”我的思绪就像陨落的星星，在漫无边际地漫游。我在想象中看见在这个世界的中央，在我们家那个楼层黑暗的角落，那里藏着我的烟卷，我的香烟，那里我在学校不上课的淅淅沥沥下着雨的午后，一个人神魂颠倒的样子，想象着人能永生，祝愿我的亲人健康，也想象着那可怕的秘密。我相信那小小的角落里支起的东西；我知道这大地，这街道，这地面和生命的影子都是神圣的——就像一个圣体——人与物构成的弥漫烟雾中灰褐色肮脏圣体似的有趣现实（像奥尔良城的大桥），在此我为自己找到了无上的荣誉，这荣誉是如此巨大，我那穿着旧衣服、戴着破帽子的父亲竟然会把我当成另一个天堂里的人来看待，那样子就像你看着一个人而我们则说着稀奇的事情——“我的姐姐小宁会在报纸上看到这个新闻——她会拿给她的朋友们看——虱子明天早晨起来做祷告去的时候会看到这条新闻——还有斯科蒂——G. J. ——维尼——”

“还有玛吉——”

“我战胜了伍斯特黑飞人——他呢，他要回伍斯特去——也许即使不告诉人家也会知道，在洛厄尔小巷里、石板路旁也有跑得飞快的人，在这一场比赛之后就让洛厄尔这个地名在他们的心头回响吧——让他们知道在一个叫洛厄尔的地方，男孩子们兄弟们和那些整天吼叫的人就在这生灵的海洋里……兄弟们，男孩子们，北方的狼群。”（这些思考都是用法语进行的，几乎无法翻译成英语。）

在我获胜的时刻，在我的思想中，在我的感觉里，我都可以看见洛厄尔和伍斯特的所有屋顶。它们在我的内心造就了一个诗人。我天真得简直发狂。我感受到了喜悦，这并非是说说而已，而是这些喜悦的感觉穿透了我涌上胸膛的热血，还没有弄明白就消失了，也不为人所知，与别人的想法也没有交流，但也是同样的有条有理，因此也像那个黑人的思想一样，专注、正常。他们从天上给我们送来雷达装置搅乱我们的视听，那已经是后来的事了。我们还是不要再听人唠叨什么兰波的过火行为吧！那天夜里我记起了生活中的美丽脸庞，我哭了。

三十五码跨栏我也获得了第一名，起跑一刹那就闪电般抢在刘易斯的前面——心情迫切地掠过低栏，与短跑一样双脚一蹬就直奔终点。不管是谁，即使是约翰·亨利·刘易斯都感到惊讶，而我自己则更是没有料到。那是我第一次跑出4.6秒。我自己甚至纳闷起来，我是否突然之间变成了一位真正的短跑名将。

二二

田径场摆上了跳远用的垫子、跳高架，那些大块头铅球运动员围拢来商定跳高跳远的区域，这样他们马上就可以开始热身——后来成为蓝色大海豪华客轮上周游世界的魔术师海员的厄尼·山德曼，是我们最优秀的跳远运动员——站在起跑板上，两臂同时向后挥动，一声尖叫，在沸腾的场子里伸长绷紧的脖子，双脚同时落下，一双大脚踩在标记线上，跳出了十英尺，整整跨越了一个小客厅。我也参加了这个项目的比赛，跳出了九英尺五，或六，或七，为本队赢得成绩，但是始终没有超出厄尼，通常也挨在客队冠军的后面，得第三名——

最后一项比赛是讨厌的三百码接力，我跑第一棒，卡扎拉基斯跑最后一棒，一起的有脖子壮如公牛的富尔巴克·梅里斯，来自贝尔维迪尔的爱尔兰人、卷毛米基·马奎尔，就像一列火车绕过铁道的弯道，伍斯特队的人穿着蓝色队服在半英尺后面紧追，人们极为关注，我起跑之后一路飞跑的时候，什么感觉都比不上三百码接力给人的刺激，那真是兴奋到了极点，你得拼出老命来跑，四周的人都在声嘶力竭地叫喊，“加油!”我们的脑袋里响着双脚踩在转弯处木板上的沉重的脚步回声，轰隆作响，然后离开，向内进入平滑的篮球场地到了内圈，于是听不到轰隆声，只有像猫儿一样飞跑的声音，洛厄尔所有做母亲的人，都应该到场观看他们的儿子给老子显示自己的飞跑的本领——跑进林子，跑进销赃地，跑进木料堆场，跑进歇斯底里白痴飞奔的人类疯狂——

我非常惊恐地起跑，和我一起跑的是伍斯特的一个白人，我们手握接力棒飞跑，到了第一个弯头我让他挤到我的前面——这是我所表现的礼貌。我们发出轰隆一阵声响跑过弯道——两人轻巧、灵活地飞跑，在场子里放轻脚步跑，带有偏见的观众注视着带有偏见的运动员，整个记者采访团停下打字机或者从边线抬起头来，起跑点的观众发出几声低沉贴近的叫喊。“砰!”发令枪一响，空气里就弥漫了火药味——我们起跑了。

我的老爸站在长凳上，俯身注视着，非常紧张，颤抖的双腿支撑着高大的身躯，全身都一样紧张地密切注意，就是这两条腿在第一次世界大战前，在基督教青年会奔跑着打过篮球——

“加油，让，”——他低声叫喊——“加油!”他有点担心我在第一个弯道的谦让之后接着就会没戏了。不必担心。我轻松地跟着他到了远端弯道，等到我们跑到两圈的第一圈直道的时候，我悄悄地飞快从他身边擦过，他根本就没有听见我的脚步声，冲到他的前面又跑向第一个弯道，跑向倾斜的地板，并且从观众队伍前飞跑而过，这时我听见这家伙嘴上在咒骂，他觉得自己起跑落在我的后面——我已经非常得意地跑到了远端直道的一半，已经放开步子，轻松地加大步伐，竭尽全力，跑到了冲向最后一个弯道的直线位置上，没有声响，一鼓作气要跑完最后一程——悄悄地——随着众人转弯，就像是在游乐宫的转桶里，此时已经非常困乏，浑身酸痛，心口和两条腿疼痛，心都要死了——伍斯特那家伙一步也没有超出，而是失去了我们两个人之间轻易就可赶上的机会，绝望地丧失信心，失去了勇气，觉得羞愧难当。我飞跑上前，做出交棒的动作，向已经跑出十码的梅里斯递过棒去，他飞跑向前，接着跑他的两圈，而伍斯特的第二个人还在那里等着接棒，仿佛热锅上的蚂蚁似的焦灼不安——马奎尔和卡扎拉基斯像看不见的子弹一样飞跑结束了比赛，这真像一场闹剧，而不是比赛，接力赛始终是伤心的。

我们得了第一名，弄得其他的男孩子羞愧难当——羞愧……那是耶稣在坟墓里保持不朽的关键……是获得勇气的关键……那是信心的关键。“上帝啊，上帝啊，Mon Doux，Mon Doux”（加拿大孩子呼喊 Mon Dieu 即我的上帝时的发音）我心里在说。“接着会发生什么!”——赢得第一名，观众欢呼，戴上了桂冠，微笑致意，拍拍肩膀，心领神会，引人瞩目——洗个淋浴，大声喊叫——梳光头发——少年英俊，充满朝气，这才是主调——“嗨麦克吉弗!”紧随着更衣室黑暗中砰的一声响。“嘿嘿嘿你有没有在这场六百码的搏斗中把一个大屁股跑丢了！嘿呀哈——什么呀……吉-希弗，吉希弗老兄今晚肯定没来！”

“凯利？我跟凯利说了，别装了行吗？”

“你会让斯麦克这么干么？”

“哎，知道今晚出什么事了吗——”

“哪里？”

“基思学校[①]那边——”

“怎么啦？”

“篮球赛——他们跟洛厄尔拼——”

“比分呢？”

“63 比 64。”

“啊！”

“你一定见过索塔科斯——你知道，斯蒂夫的哥哥——

“你是说萨马拉斯？”

“不是！——不是俄底修斯，跟红衣兄弟一起的那个人！”

“斯巴尼厄斯？”

“不是！”

“啊对了！”

“他是最棒的——他们找不出一个像他那样的篮球运动员——谁都不说起他，”——（一个小鬼，披一件外套，遮着两个瘦细的

---

① Keith，应指 Keith Academy，坐落在南洛厄尔区刺堤街（Thorndike Street）201 号，是一所由教会资助招收男生的中学，规模不大，1926 年招收 120 名学生，1930 年第一届学生毕业，1970 年停办。

手，体重九十八磅，还是个班长，有一段时间当过球队队长，只有十四岁，到了赛事频繁的热闹的星期六晚上，就到洛厄尔各处打听，把消息带回来。）我父亲就站在那里哈哈地笑，从所有这些小孩子那里找些乐趣，一边四处张望，心怀爱意不停寻找我的身影。我一边走一边穿上我的衬衣，手里拿着一把梳子，朝着吉米·吉希弗装出一个希特勒小胡子的样子。

"今晚真过瘾！"在熙熙攘攘的洛厄尔门口一个体育迷嚷道，"吉米·福克斯的本垒打算得上优秀，但是也比不上你们今晚的表现！"

"乔·加里迪，"有人叫道，那是我们的田径教练，穿一件寒酸的外套，一副眼镜后面闪烁着哈里·杜鲁门[①]那样的忧伤的眼睛，双手还是那样插在外衣口袋里，他说道，"啊孩子们，表现相当好，表现相当好……咱们总分是五十五分……"他有许多的事想跟我们说说，但是他在等着那些新闻记者和体育迷们离开场子，关于他的田径队，关于他与他的每一个队员以及田径队整体的实实在在的秘密严肃关系，他非常不愿意说。"得了第一名我非常高兴，约翰尼。我觉得在春季到来之前你就要在波士顿花园成名了。"半是咧嘴一笑，半是玩笑，大伙儿都哈哈地笑——

"嗨，教练，谢谢你，"——约翰尼·莱尔说道，乔特别地喜欢他，因为他是一个爱尔兰孩子，跟他很贴心。梅里斯——卡扎拉基斯——杜洛兹——山德曼——海特卡——诺博特——马维尔斯——

① 哈里·杜鲁门（Harry S. Truman，1884—1972），美国第三十三任总统（1945—1953）。

马莱斯尼克——莫兰——马拉斯基——以及七个爱尔兰人乔伊斯、麦克达夫、迪比克、里兹尔、戈尔丁、马奎尔，他要处理国际性的问题、全国性的问题。我的父亲非但没有急急忙忙走上前来站在教练旁边沾上一点光，倒是躲在角落里，脸上挂着称赞的笑容，因为此时他在悄悄地观察教练乔的真实面貌，同时又在想象他在市政厅里的模样，明白了乔是个什么样的人——很喜欢他——

“啊——我能看到他坐在那张旧桌子前——像我在 Nashué（纳什华）铁路上当职员的鲍勃叔叔一样——尽力处理好周围的人事关系——跟我也没有多大不一样——我怎么不知道他有一个兄弟在旧《市民报》报社[①]？很久以前的事了。是不是纪念大道的道兹——沃尔——你不知道，杰基参加了比赛赢了那个黑人——哈哈哈——我看见他也在场心里就想这一回是跑不过他了，可是他赢了！他得第一了！哈哈哈，这小家伙，我记得他小时候才三英尺高，常趴在地上，一面爬一面把盒子推给我，里面装着玩具——有两英尺高——Ti Pousse！哈哈——啊，那个黑人体格强壮，条件很好——真高兴我的小子赢了他——这就说明他是个运动员——那些黑人都是世界上跑得最快的人——即使是现在在非洲的丛林里，他们还拿着标枪飞奔追赶野猪——你可以在奥林匹克运动会上看见，有著名的黑人运动员杰西，不是杰西·詹姆斯、杰西·琼斯，是杰西·欧文斯飞人——世界的国际性特色——”

波琳在门口等我，一看见她老爸就过来了。

---

① 老杜洛兹说的话往往不可全信（书中别处还有），《市民报》是十九世纪中叶以后洛厄尔发行的日报，而且几度更名。

"啊呀呀——波琳——我不知道你坐哪儿——要不然我就跟你坐一起了!"

"杰克这家伙，干吗不告诉我你也在这儿——嗨!"他们两人都合得来，她老要跟他开个玩笑，他也要开她的玩笑——我洗完淋浴找到他们的时候，他们笑眯眯地高兴极了。那是社交活动，乡土气的，高兴，伤心；心中欣喜若狂。在拥出场外各奔东西嘻嘻哈哈大喊大叫的人群中，我们笑呀叫呀，感觉到了爱的共鸣；星期六之夜在美国全国上下都是浓郁的，是悲壮的，越过落基山城，穿过圣路易斯，从中西部的吉尔迪，到这儿的洛厄尔，到处都是如此。

"杰克，你在这儿！爸爸!"贴近他的耳朵轻声道，"去跟那个乡巴佬说我们自己有个约会，今天夜里我们不想跟他一块儿。"

"行啊小子，"我父亲说道，一边猛抽一口雪茄，是劲头十足的表演姿态，"我们走着瞧，看我们能不能在下一个礼拜让他与埃及艳后克利奥佩德拉商定，回报他作出的贡献。"虽说是玩笑但是他却是一本正经的样子。

"好吧，马克·安东尼。要不然难道你的名字不叫马克·安东尼奥，你四处漂泊来到此地，不是要从我的城堡劫走这位英国爵爷吗?"

"咄！——我们今晚在公共马车上就把他毙了——什么也不必担心，孩子。我们还是上佩祺店里来一客冰激凌苏打水吧。"

我们说走就走，走进灯光灿烂的干燥的夜，积了雪的红砖建筑的上空星光闪烁，寒冷而清澈，星星仿佛落下无数的刀子——粗壮的大树把根深深扎入路面底下，枝桠高高地刺入星空，就像散落的银叉朝上竖着，人们在街灯之间行走，走过一个个活生生的东西的巨大底座，但是又从来没有去想过它——我们融入人行道上的人流朝市中心走去——走向龙虾居[1]——梅里马克街——斯特兰剧院——城市整个稠密而几乎喧闹的心脏地区，星期六之夜的那个时刻灯火通明，只不过是十五年之前[2]，当时并非人人都有汽车，人们走着去逛商店，乘公共汽车去看电影，并非是人人都封闭在铁皮里面，非常地好奇，只用焦虑的双眼望着现在的现代美国已经空荡荡的人行道——假如我和波琳还有老爸是坐在一辆汽车里，三个人闷闷不乐地坐在前排的位子上，在时光的电视机窗口里，在车流中蹒跚而行，我们也不会像那个夜晚一样嘻嘻哈哈兴高采烈叫呀跳呀——非但没有坐在汽车里，与此相反，我们迈着两条腿踩过雪堆，走向市中心铲除了积雪的干燥的人行道，走向人声鼎沸的午夜冰激凌苏打水店忙碌的旋转门。

“快一点杰克，你们掉队了。今晚咱们要好好乐一乐！”波琳在大街上大喊大叫，伸出拳头捶我，跟我闹着玩。

“行啊。”

她在我耳边悄悄地说道：“哎，我今晚已经好好领略了一下你的两条腿！我原先并不知道你有这样的两条腿！哎，等你有了单身公寓我能不能光临哪？嗨！”

“我说呀，”我父亲有了一个主意，“到中餐馆来一客美味快餐怎么样——炒杂碎什么的，好吗？”

“不要，就冰激凌吧！”

---

① 洛厄尔一餐馆名。
② 作者写这本书是在1953年，15年前正是16岁。

"上哪儿？是B. C.，还是佩祺的店？"

"哦随便——哎，我可不想吃胖了，杜洛兹先生。"

"哦没事——我已经胖了三十年了，可我还好好儿活着——不碍你事。"

"瞧那个麦迪逊太太和她的儿子——你知道他们，杰克，他们就住我们家隔壁。那个小鬼老偷看我们，知道吗？"

"还有灰不溜秋的篱笆院子里的那条狗？"

"我说，"——我老爸说道——"我听你们两个小鬼说话好像你们是正经的小两口——干吗你们不一块儿出去约个会，"——他说着偷偷地笑——但是心里是认真的。

波琳说道，"哦我们过去倒是常出去的，杜洛兹先生。"她的双眼突然模糊了。

"那么你们现在为什么不呢？就因为我这小子据说在别处有一个姑娘吗？——你别理他，听他老爸一句话，嘘，"在她耳边说道，然后他们突然一阵笑声，他们是在开我的玩笑，但是我高兴得浑身激动不已，能让他们关心，能让他们喜爱，能与我的老爸合得来。

可是我突然间想起了玛吉。她今晚是在莱克斯大舞厅，对我来说那是近在咫尺，就在卡尼广场霓虹灯那边，穿过夜色里的黑乎乎的人群就可以找到她，她在跟布拉德华斯跳舞，在难以言说的悲伤、又有音乐伴奏的玫瑰色夕照里和月光小夜曲中，我只要迈开双脚走过去，撩起门帘，在所有的舞者当中寻找她的身影，我只要一个个找过去——

可是我不能丢下老爸和波琳，除非找到一个借口，找到一个推脱。我们来到冷饮柜前，田径赛上的人都在这里，还有到基思剧院、斯特兰剧院或梅里马克广场看完电影散场后来这里的人，参加了在社会上影响重大、因此第二天还要再次提起的活动的人，你可以看到他们停在广场外面的豪华汽车，有时候就停在广场的里面（一九四二年前）——我老爸衣衫破旧，牙齿漏风，穿着他那件宽大的外套又黑又寒酸，他四处张望看到了几个他记得的人，看到这些人他表现出各不相同的情绪，或嘲弄，或讥笑——我和波琳小心地吃着圣代——生怕在拿起大调羹、大口大口吃的时候，内心抑制着的极大的兴奋情绪全都爆发出来——就这样小小的一幕故乡星期六夜晚的景致——在金斯顿[①]那些南方人，他们开着车子在皇后大街来回兜风，或者两条腿走着，探望黑乎乎的五金店、干草饲料和粮食商店，而在偏僻的黑人区，一群人聚集在破棚屋和出租车停靠点前聊天——在加利福尼亚州的沃森维尔城，那就是面貌阴沉的墨西哥人田间帮工在街上溜达，有时候可以看到他们或者是父与子或者是两个朋友相互挽着手臂，在白色的阴冷浓雾弥漫的加利福尼亚伤心之夜，在菲律宾人的弹子房，这座城市非常富有——在北达科他州的迪金森城，星期六之夜在冬天是暴风雪怒吼，公共汽车停驶，夜晚大餐馆快餐店里胡乱而暖乎乎的食物，还有台球桌，墙上挂满了早已消失的老牧场主和逃犯的照片——孤寂的北极卷起的飞雪，在长满鼠尾草的河沟上盘旋——在城外，倾圮的单薄篱笆，银白如洗的月光——洛厄尔，冷饮柜台，姑娘，父亲，小子——一个个都是土生土长的乡巴佬——

---

① 原文为 Kinston，实为 Kingston 之误。美国叫 Kingston 的地方有二十几处，此处应是在马萨诸塞州。

“好了小子，”我父亲说道，“我说，你现在是想单独和波琳回家呢，还是你想一起回家，还是怎么的？”

“我要和她到——”我脑子里想着跟玛吉的重大计划——我朝我老爸眨了一下眼睛，说的是打掩护的话。他觉得很有意思。

“那就明天见孩子。嗨，那不是吉恩·普鲁夫吗——我跟他一块儿乘公共汽车回家。”

于是我，后来，找了一个别的借口把波琳甩了，说的是时间问题，我心急如焚，对于面前的一切根本不想听到、不想看到——我茫然若失在广场人群中穿行。我们在公共汽车站乱窜，在布罗克曼公司门前把她“送上”她回家的公共汽车——然后，我在梦幻中，直冲莱克斯大舞厅。

此时已是午夜。乐队奏起最后一首舞曲。这是一个熄灯舞。售票处已经空无一人。我冲进舞厅，到处寻找。舞厅内漆黑一团。我看到了贝茜·琼斯。我听着萨克斯风的悲凉乐声，舞者的脚步在地板上响着。最后，我抬头看到熬夜的人在包厢里坐着。

“喂贝茜！”

“什么事？”

“玛吉在哪儿？”

“她十一点钟离开的——布拉德华斯还在这儿——她生气回家了——一个人走的——”

“她走了？”我大声道，听得见自己说话声音里的痛苦。

“是啊——她走了！”

“哦，”——我没法陪她跳舞，我克服不了今夜巨大的梦想，我不得不带着又一天残留的痛苦就寝。“玛吉，玛吉，”我在想——我在朦胧中仿佛觉得她是生布拉德华斯的气——

就在贝茜·琼斯大声说“杰克，那是因为她爱你”的时候，我才明白过来。那是因为还有别的问题，伤心，难受——“我现在就要走着到那里去。可是她绝不会开门让我进去的。三英里的路。她却不在乎。寒风刺骨。我怎么办？黑洞洞的夜。”

舞曲是那么优美动听，又那么悲凉，我两眼低垂站在那里听着这音乐，我在这星期六夜的悲剧中感到惘然——在我的四周所有淡蓝色的浪漫天使跟随着圆点聚光灯飞舞，乐曲令人心碎，渴望得到年轻亲密的心、青春时期的姑娘的双唇，失落迷惘不朽的歌舞队女演员，伴随着爱情和希望的铃鼓狂躁破损的响声，在我们脑海里悠闲起舞——我明白了我是想始终拥抱我的影子玛吉。爱情全然失落。我走出舞厅，耳边响着音乐，眼前是洛厄尔街道上灰心丧气的人行道、疏远的门窗、不友好的寒风、吼叫的公共汽车、严酷的眼神、冷漠的灯火、人生捉摸不定的悲伤。我又回家去——我哭不出来，也说不出口。

而此时，玛吉则在城的另一边躺在床上哭泣，一切都葬送了，一切都非常不幸。

我上床就寝的时候两手不觉一阵战栗。靠在枕头上我却反而感觉不舒服。就像我母亲说的，“On essaye a s’y prendre，pi sa travaille pas（越是绞尽脑汁，结果反而越是一团糟）。”

二三

早晨即是上帝的儿女必须将他们睡眼惺忪的脸部加以恢复、按摩、唤醒之时……

那一个星期天我整整一天都在我的房间里哀伤，拿着报纸坐在客厅里难受，虱子来看我，见我一张难受的脸，他的脸上也长时间地阴沉起来，（"在你们的旧城里也没什么好议论的，除非是一句老话，'死'，"他实际上这样说道，）不过只是在很兴奋地讲述期间发生的事情时才说——"扎格——猜猜看是什么事？——那天夜里耗子和斯科蒂真发疯了，在维尼家里一本正经地来了一场摔跤比赛，险些儿把炉子都砸烂了，斯科蒂差一点要了他的小命——星期六下午我们跟北方公地美洲狮队打了一场篮球，你正好在休息吧？——我放了他们一码，你知道——七个篮两个罚球——十六分——我只给了他们一个我拿手的侧身单手投篮，哼？昨天夜里在田径赛上见到 M. C. 了吗？我跟我老爸老妈到我舅舅家去了——我跟一个漂亮小妞聊天，你知道——我说过我要把她的耳朵咬下来——她说唷！——嘿嘿——巴尼·麦克吉莉克蒂·奥图尔星期六真疯了，他自己一人独得十一分，一个中场远距离投篮，不过那个球队只有你到场了，扎格，才会再次盘活——"

"我现在就来——爱情这种玩意儿我已经玩够了，"——

"比利时洋尼这小子妈的得了两分！"

"谁？"

"G. J. 。这是我给他起的新名字。就叫我'山姆。'这是我的新名字。他们还叫我好心的比利时。M. C. 来看比赛了吗？"

"波琳来了。"

"我常常在自习课看见她。让，"他叫我的法语名字，"只要她两眼一瞪，甚至就可以把乔·路易斯打倒在地。"

“我知道，”——伤心地。

“妈的！我们除夕夜真不该到那个该死的莱克斯舞厅去！打从那以后什么都变了！连我也变了！”

“别往心里去，萨尔·斯拉沃斯·莱恩，伙计！”

“啊妈的，我要疯了！”突然间他发出一只发疯的小猫的叫声，又愤怒又滑稽的小眼睛，怒气冲冲跳下床来。“唔？疯了，嗨扎格？”

“得了，萨尔，别为这事烦恼。”

“我要把他们深深埋葬！”在空中挥了一拳。“妈的！”

这一帮子人其余的都挤进了我的房间，母亲开了正门让他们进屋；这是个阴沉沉的星期天，电台里播放着交响乐，地板上摊着报纸，老爸在他的椅子上打着呼噜，牛排在炉子里烤。

“比利时老弟！”维尼拥抱虱子，一边大声说道。“斯科蒂，把你的合同拿出来给扎格看。他拟了一个合同，要我们答应帮他明年夏天买下那辆汽车。”

“假如没签字就得当心——签了，这巨大的未知的事物，那是合同上说的，扎格，”古斯插话道，他今天心情也很郁闷，脸色难看，沉默寡言，想着心事。

虱子把拳头伸到他面前。“打吗？打吗？”

“合同？”斯科蒂咯咯地笑道，露出了他那颗可爱的金牙。“我们要根据几条付款方式来讨论这笔交易。”

虱子像一只猫一样气呼呼的，一头大汗，身体还在来回移动练着拳击。

G. J. 抬起头来。“维尼，你把那个合同带来了吗？”

“没带——暴风雪我没带来，把它扔了。”外面下着大雪。

“小心！”

G. J. 拿着刀子蓦地跳将起来，抵住维尼的腰。“狗东西！他脑子进水要把我们大家都宰了！”维尼尖声大叫。

“就跟比利·阿陶德一样——你们知道他那天怎么说，‘对不起耗子，我没法子帮你跟银色月光沙龙的德帕纳克那一伙流氓算账，因为我的左椎骨什么椎骨扭了’——什么东西！”

“今年春天你们一个个都要掉脑袋，我要用新的硬高球投出，击中你们的脑袋——首场比赛，齐步走！”

斯科蒂：——（说着心里思考的话，）“外边的风会刮得很大，因此到了那第一个下午，球就很难判断，也许还有太阳照射，可是唯一的问题还是风——”

“是啊！”

“扎格，”——古斯一本正经地说——“我第一次朝你脑袋投球，你会被砸得跌跌撞撞站在本垒板上晕头转向，然后我会再次朝你投球！——趴在地上动弹不得，他们会看着你，皮图·普劳夫一帮子日落时分爬回你家去——我要是投出更加叫人头昏眼花的快速球和弧线球，来对付你那是十拿九稳的，——”而实际上古斯的投球倒是这帮子人里面最最好笑的，有一回他一点都没有掌握好，结果把球投到接球手背后的围栏外面，我们一直没有找到那个球，大概是滚到山下面的河里去了——

我们试图继续这样聊下去，并且再谈些别的话题；晚餐时分他们走了。阴沉沉的天色笼罩了洛厄尔，笑话都说了，傻事也做了——有些事就像掉在街上默默无声的雪堆里一样；这时在傍晚长长的昏黄灯光里，你可以看到小孩子看完星期日午后电影回家，在皇家影院和王冠影院看完双片连映影片，踏着轻松的步子回家——随着街灯的一闪星期天之夜到了——我在俱乐部消磨时间，看人打保龄球——我在人类时代铺设好的深褐色马路上行走。

星期一的早晨我们一脸疲惫、筋疲力尽地见面，像往常一样一起去上学——我们在寒风呼啸的桥上走着的时候我很伤心地可以听见《假面舞会已经结束》这首歌[①]在我耳边渐渐消退——我期待特定日子时的无比欣喜已经消逝——

然而在西班牙语课的时候，嗬！——是玛吉的信。

我慢慢地，若有所思地、双手颤抖地，把信撕开。

亲爱的杰克：

上个星期六夜我在舞会之后给你写信。我感觉心里非常悲观，我仔细给你说说。

贝茜到我这里来，布拉德华斯把她介绍给了埃德娜。你知道我喜欢埃德娜，喜欢她的举止大方。她说田径赛上波琳和你在一起。哼，我一听说就非常生气。埃德娜和波琳是好朋友，为了把你从我这儿抢走她们什么事都做得出来。你的举动让我感到非常嫉妒，我不知道自己说了什么出格的话，做了什么出格的事，我只知道我就想赶快离开那里，可是姑娘们不肯跟我一块儿回家。假如你非得跟波琳说说话，请你不要让我的哪个朋友看见，因为事情最后

① *I'm Afraid the Masquerade Is Over*（1938），赫伯·玛吉逊（Herb Magidson，1906—1986）作词，艾利·鲁伯尔（Allie Wruble，1905—1973）作曲。

总是会传到我的耳朵里。我总是没法克服我的妒忌心，它一定是天生的。当然话也要分两头说。我妒忌心起的时候也伤害了你，可是这是我最不愿意做的事。我就是不理解你怎么可以想跟哪一个姑娘出去就跟哪个姑娘出去，用不着问一下我的意见。我现在明白了我是多么地自私。杰克你一定要原谅我。我想这都是因为我非常喜欢你的缘故。我会努力记住，你要出去想怎么样就怎么样那是你的权利。当然我还会妒忌，但是将来我一定得克服。总有一天你也许会在我身上看到你最欣赏的优点，姑娘的优点，而且是一个自私的姑娘。我知道你有充足的理由不给我答复，但是你又总是叫我明白很多，这我知道。我就是不得不写信给你，要告诉你那天夜里的事我非常懊悔。

非常爱你的

玛吉

请你原谅我

快给我回信——把我的信撕掉

那天夜里八点钟我就到了她那里，刚吃了晚餐就乘上最快的公共汽车，阴冷的空气也变得暖和了，有东西破土而出，在洛厄尔潮湿的冬天土壤里迅速生长，康科德河里的冰层开裂了，风儿携带着嫩绿的希望在兴奋的枝头上歌唱——似乎大地正在获得新生——玛吉在门口飞奔着冲入我的怀抱，我们躲在门后的黑暗和寂静里，紧紧地抱着，亲吻、等待、侧耳倾听——“可怜的杰基，跟我这么一个傻姑娘待在一块儿你得到的只有苦恼。”

“不会，我不会有苦恼。”

“那天夜里我生布拉德华斯的气。你见着他了吗？今天？在学校里？你能不能转告他我很懊悔？”

“一定——一定——”

她把脸埋在我的球衫里说，“我是非常难过的——我舅舅去世了，我见到他躺在棺材里。啊——真太……人家告诉我说我是厌倦了，我不该老在屋子里待着尽想着男孩子，——想着你——你，”噘起嘴巴吻我——“我甚至不想离开屋子一步——即使屋子里都是棺材，死人——我怎么专心做事，我甚至不想活了。啊天哪——我真是吓坏了——”

“你说什么？”

“我的舅舅——他是星期五早晨安葬的，他们在他的棺材上扔石头扔花——怎么说我也是为你而难受——但是问题也不在这儿——可是我又没法告诉你——没法对你说——”

“没关系。”

在黑暗的客厅里她一连几个钟头坐在我的膝头睁大眼睛，一言不发——我明白一切，保持沉默，等待着。

二四

星期六夜晚，我们依照通常的约定在莱克斯大舞厅见面，那个夜晚她和贝茜从寒风中走进来的时候，他们正在演奏《假面舞会已经结束》——她的漂亮无法用言语来表达，这是从来不曾有过的，黑发上滴滴露珠就像她眼睛里的小星星，一声声银铃般的甜美笑声带来了脸颊上的红润——她心情又好了，美丽而又永远不可战胜——就像黑玫瑰。

她蜷缩在我的怀里，她的衣服上闻得到冬天和欣喜的气息。她处处流露出卖俏的神态——冲动地迅速朝我看上几眼，或是笑，或是说好，或是说坏，或是整理一下我的领带。突然间两手搂住我的脖子，抬起眼睛看着我的脸，而她自己的脸随着一声似乎是抽泣的声音紧贴着我，恳求我的爱，贪婪地拥有我、占有我，并且在我耳边低声说话——她冰凉扭动紧张的双手在我的手中握着，突然间产生的恐惧，四周笼罩一切的悲伤，像翅膀一样包裹着她——“可怜的玛吉！”我心里想——想找些话来说——没有什么可以说的话——要是你说了话——那这话就像从你嘴巴里落下的一棵奇怪的湿漉漉的树——就像她的舅舅和所有的舅舅墓地泥土上黑色纹路的图案——不可言说——不可拥有——破裂的。

我们偎依着坐在那里注视着舞会，两个人都没有说话，都心情抑郁。成人的爱在尚未成年的胸膛里被撕裂了。

二五

玛吉站在河边——“可怜的杰克，”有时候她大声地笑，抚弄我的脖子，紧紧注视我的眼睛，目光深情而安详——她的说话声突然变成一声给人以快感的笑声，低声地——她的牙齿就像小小的珍珠，排列在她那鲜红门户似的两片嘴唇里，夏日脂肪饱满鲜红的门户，四月的伤疤——“可怜的杰克，”——此刻微笑从酒窝上消失了，只有笑的光芒在她的眼睛里闪烁——“我觉得你并不知道你在做什么。”

“你这么说我不会感到意-外——”

“你要是知道你在做什么就不会到这儿来了。”

“我不是说了嘛。”

“没有——你没有这样说——”她醉眼蒙眬朝我翻着眼珠子，看得我也醉眼蒙眬了，她一边还伸过冰凉的手掌，突然亲昵地抚摸我的脸颊，带着无限的温存，就连五月的和风也能明白、就连三月的寒风也想回头，而她两片嘴唇在说这话时的安抚音调，发出几个无声的轻轻的送气声，就像说“呜”，就像说“呦”——

我的双眼在注视她的眼睛的时候低垂了——我要她看我的藏着秘密的窗户。她同意了——她没有同意——她拿不定主意——她还年轻——她小心谨慎——她喜怒无常——她想要得到我身上的东西，但现在还没有这样做——也许她这样也已经满足了，知道了——“杰克是个笨蛋。”

“我决不跟他有什么关系了——他绝不可能成为像我们周围所见的男人，像爸，像洛伊，那样的勤奋的人——他不是我们这样的人——他很奇怪。嗨贝茜，你难道不觉得杰克有点古怪吗?”

贝茜：“没—有—吧?? ——我怎么知道!”

“唔——”玛吉自言自语发出“唔”的一声——“我不知道，我只能这样说，”然后转身整理茶杯，“我倒是真不知道。”电台里在播放唱片。靠垫到处乱放。假如我可以逃学躲在这个客厅里多好啊。阳光照耀的帘幕——早晨。

“这么说你在跟他恋爱，唔?”

“是啊。”声音圆润，像那个比对方年长一点的时装成衣匠一样，像你在旧金山阴暗木结构公寓看见的身材魁梧的老妇，整天跟她们的八哥和老朋友们坐在一起谈论她们在夏威夷拥有所有妓院的那个时候，或者诉说她们第一个丈夫的种种不是。“是啊。我觉得他不大会把我放在心上。”

“为什么？”

“我不知道。我跟你说了他有点古怪。”

“哦你有毛病啊。”

“我看是有毛病。”

假如我笑起来，当她的面说些如何爱她的话，因这样的关系带来的喜悦而笑得合不拢嘴，那她就会怀疑我的动机不纯——这种怀疑还会加深——整个晚上——直至黑夜深不可测的悲伤——离开她家在黑暗中徒步回家的一路上——我们两人的所有误会——她所有的诡计，胡思乱想——啪——都消失了。

二六

我的生日派对就要到了，但是他们不让我知道派对的具体安排——那都是我的姐姐在一手筹划，准备在教堂附近波塔基维尔山上的一座小屋里举行，那是她一个女朋友的房子。所有这一切都是瞒着我在进行的。生日礼物也都买好了——爱默生牌微型收音机，当时有这么一台真是雪中送炭，但是后来在我父亲到处流动工作、住在廉价旅社感到无聊乏味的时候，成了他的手提收音机——棒球手套，据说是即将到来的棒球赛季和我们大家都参加棒球赛的标志和象征，可能是布拉德华斯为祝贺我生日买的——领带——我姐姐邀请了所有的人：——玛吉、布拉德华斯、虱子、伊迪儿、她的几个朋友、我的父母、男孩子会带来的邻家姑娘——他们都瞒着我但是我都知道。

布拉德华斯告诉我的。

一天晚上我们的友谊极大地、很动情地加深了，那是在大商场前面，运河边的丝厂对面，在男孩俱乐部前面，田径训练后我们就在那里聊天，过去他有时候来看我跑步而现在是毫无目的地走走，继续聊天到了折中的分手地点，“我回家走这边你回家走那边，”——去吃晚餐——在寒冷的冬天天色已暗，街灯已经通明，就像刺骨寒风中的一颗颗宝石——我们待在那里就是聊聊天——谈玛吉，谈棒球，无所不谈——为了暖和暖和身子我们突然开始在两人相距大约五英尺的地方做出假想接球动作，也是要演示我们的示范性投接球技巧，以及从容的挥臂和投球——“高明的投手投球都很轻松，”查理说道，“你到芬威公园去就可以看到他们在赛前都是轻轻松松地投球的，没有一个人是狠狠地投球的，看上去好像一点都不费力气，但是同样轻松的投球他们可以把球投得很远，那是多年练习的结果——这就是说，‘别把你的胳臂也甩出去，’”——

“查理，你一定是一个高明的投手。”

“我要成为一个高手——我希望——我肯定喜欢——泰菲会成为高手的——泰菲一定会的——”

在洛厄尔高地居住区，布拉德华斯和泰菲·特鲁曼，在他们自己的经历中，曾经因为都有惊人的个性特点和期望、雄心而促膝谈心，肩并肩一起看报，一起参加比赛，一起听广播，彼此知道个人最内心深处的烦心事，就像知道自己的事情一样，就像知道他们自己的伤疤一样——在寒风凛冽的夜晚穿着球衣边走边聊，就像新世界的爱丁堡城里的苏格兰人——他们两个人都在比勒里卡的铁路上工作，他们的父亲也都在铁路上工作——

"泰菲会成功的——成为高手——我不担心，比尔——这就是我挥手投球的手法——"

"我的疯伙伴 G·J·里戈泼洛斯怎样投球的，要看吗？要说投球，他是世界上动作最花哨的人，"我顶着风对他大声说道，并且模仿给他看，做出鲍勃·菲勒式的夸张挥手动作，投球时身体后屈几乎碰到地面，一条腿高高抬起。

就在举办我的生日派对的那个星期，我们在穆迪街进行看不见球的投球比赛，此时我们在模仿一组很棒的投手和接手，我手拿假想的棒球手套蹲在地上，我们的击球手都已站定，要进行整局的比赛。"二比零，两人在垒上，疲惫的查理·布拉德华斯在关键的第九局击球——急躁而易动感情的杰克·杜洛兹在本垒板后面——现在投球——我觉得你应该知道他们要给你——举办一个生日派对——你的姐姐——"

"谁？我？"

"是啊，老弟。也许你会激动得要命，也许震惊得要命，也许我不知道还因为什么——我本人是不喜欢料想不到的事发生的——所以说等三月十二日来到的时候要放松一点然后你会发现——你姐姐和 M. C. 一号在电话里已经交谈了好几个星期了——你会得到许多珍贵的生日礼物——包括我不想告诉你的一件礼物——"

我的母亲和父亲也在积极参与筹划这一个盛大的生日派对，到时候会有生日蛋糕，还有新闻记者到场，还有比赛项目。我并没有因为一切都筹划得这么隆重而盼望这一天的到来。我心里倒有一点觉得，到时候我还得装出感到非常吃惊的样子，仿佛大家大声说出“生日快乐!”的时候我还不知道。我咬着嘴唇……感到骄傲。

二七

喜庆的夜晚到了。

大家都走了，到晚会上去等着我的到达。我坐在厨房里等着伊迪儿的到来——“喂，伊迪儿，我的哥哥吉米想跟你说点事!”吉米·比索内特，就是将要举办生日盛会的屋子的主人——我姐姐的朋友——屋外一场暴风雪已经到了，到了午夜暴风雪就会使洛厄尔城陷入瘫痪，会降下创纪录的二十英寸厚的大雪，白茫茫的一片，带来不祥的预兆。我的父母戴着古里古怪的帽子躲起来了，而且我们家里空无一人，多么伤心又好笑——我把家里所有的灯都关了，在窗边等着，相伴的只有空荡荡的窗帘，只有丢在一旁的深色大衣——我出去的时候只穿我的中学橄榄球队代表1938年的“38”号球衫，上面缝着代表“洛厄尔”的一个大字母“L”，在“L”这个字母的灰线里缝了一个小橄榄球——球衣里边只穿一件无领汗衫——我要让他们从本埠报馆请来的摄影师拍照，这我预先就知道了——我的装束要让人看上去觉得我像一个另类的孩子，他的灰色的虚荣梦，甚至爱情也无法将它穿透。

我从窗口望出去，只见大风雪来势愈来愈猛。

焦急欣喜心地善良的大个子伊迪儿，依照预先的安排，他顶着风雪踩着积雪吃力地走着——我借着格肖姆大街的弧光灯看见他在点点黑影中拐过街角，俯身走着，他的鞋子在雪地里留下了点点小小的脚印儿，一脚高一脚低地踩过来——一见这情景，他，飞雪，夜，我胸口就像刀扎一样感到深深的极大的非比寻常的痛苦——而穿过昏暗中肆虐的暴风雪，那边三十个人聚集在屋子里等着向我尖声大叫“生日快乐!”玛吉也在他们当中——伊迪儿在阴沉沉的夜里身子摇摆着走来，在雨夹雪中他狡黠地咧着大嘴，牙齿闪烁着一个个光点，红通通的脸，很高兴的样子，他的粗糙挺刮发红的鼻子背着光——一个肌肉发达的职业老后卫，发红的草皮被猛撞过来的橄榄球冲坏的时候，他可以扑过来拼命——他关节圆滚滚的半握的拳头，在硬邦邦的晚会手套里捏着——“我啪的一声!”他说——他伸出拳头猛地一击，尖桩篱栅就都松动了——噼噼啪啪几下就把篱栅推倒——严寒的半夜在路灯下，他常常这么干，还怂恿我伸出拳头试一下，啪!——钉了钉子的篱栅木桩纹丝不动，指关节倒火辣辣的，我又试了两次，“用力!使劲!你用劲!”——随着冻住的旧木棒发出几声噼啪声木桩打飞了——我们顺着木篱栅走，扔掉一根根栅栏上的木条，啪啦啪啦，就住在我们常去的棒球场篱栅对面的普劳夫老头，一个无所事事的古怪老头，他只会在洛厄尔城的半夜里打开窗子教训小孩子，“allez-vous-en mes maudits vandales!”① 他戴一顶圆锥形的绒线帽，两只发红的眼睛黏糊糊的，他一个人待在他的褐色屋子里，身旁是可怜兮兮的棺材、布条扎着的丝绒窗帘和痰盂，他在半夜两点钟听见了我们拆篱栅的声音——伊迪儿一想到这里就生气地瞥了一眼——“嗬哎呀!”法裔加拿大人市长，阿森

① 法文，你们这些捣蛋鬼，走开!

诺，啊，金子般的名字，赢了洛厄尔选举的那个夜晚伊迪儿大声叫道，他沉浸在对于政治的兴奋中，丢下我们十五岁的孩子们玩的皮纳克尔纸牌的游戏叫喊着跳起来，当时我的父母外出在洛厄尔浓重的黑夜里，他一拳头捶在厨房的石灰墙壁上，这不戴手套的一拳力量之大，足以将拳击手杰克·登普赛的性命结果了——石灰墙面朝隔壁放收音机的红木桌子那个房间凹陷——等我母亲回家吓了一大跳，她心想他一定是一个疯子，比疯子还不如——“他是用拳头敲的？他用脚踢的！”关节印子深深地陷在墙壁里。“他怎么会这样！我告诉你，他们比索内特一家人都是疯子——他们家的男人都是混蛋——那做爹的——”伊迪儿，此时镇定下来——他在楼下木篱笆前停留了一会儿，然后我看见他焦灼发急的样子，在雪花飘落积起的松软的雪地里抬头朝四段楼梯往上查看——“怎么？没有灯？杰基不在里面？这家伙到哪儿去了！我要给他一点颜色看看！哇！”——他窜过马路，在我眼皮底下穿过一间间公寓的门口，强壮的身影，默默地生着气，我听见他在门厅里笨重地走动的声音，伊迪儿在一个阴郁的梦境里向我飘来，那样庞大，我发现看不到尽头，我、他、玛吉、生活、妻子、世界，都没有尽头——

“小子，你这个海军陆战队的大兵！”——门开了我们这样招呼。

“快走，我哥哥吉米想跟你说点事——”

“什么？”

“哦，”——装出毫不在乎的样子，沉重伤心的眼睛低垂——“他没事，老弟。快走！”

他突然大笑起来“嘿！”他捏了一把我的膝盖，我们面对面坐着，硬邦邦的铁罩子包住我的膝盖，我们露出洁白的牙齿看着对方，想着伊迪儿海军陆战队大兵高大的身影走过桥面的样子——我想说“生日派对我都知道，小子，”但是我不想让他那颗慷慨信任的心失望——我们相互看着对方，都是老朋友了。“快走吧，小伙子。帽子！大衣！咱们走！”

我们顶着暴风雪俯身向前，沿着穆迪街走去——突然间一片稀薄的云层缝隙中探出惨白的月亮——“瞧，月亮！”——“伊迪儿，你现在还相信月亮上有个拎着一篮子干燥的细树枝的男人吗？”

“那些是黑影子不是眼睛！不是一篮子干燥的细树枝，是一捆！——是木头——*du bois*①——你的眼睛不相信你看到的东西吗？那是你在月亮上，小伙子，蒂·让，那是所有抱着希望的人都知道的！”

“Pourquoi un home dans la lune? Weyondonc!”（为什么月亮上会有一个人？得了吧！）

“哎，哎，”似乎是要停下脚步，手撑在膝盖上，“别这么说——真的是得了吧。你怕吗你？你是不是疯了？啊？Tu crais pas? 你不相信？在你的生日这一天？难道你真不相信？”星期天做礼拜的时候伊迪儿在圣女贞德教堂前排长椅前笔挺地站着，听见杂声打扰了寂静的圣坛上保持肃静的神甫，他会转过涨得通红的脸——伊迪儿在这个世界上不需要虚伪。

“所有这一切都不是真的！”——我一个不信神的少年坚决予以否定。

---

① 法文，木柴。

“不对不对不对！月亮上的人需要那捆木柴!”他很生气地说道——他宽大的胸口气得直发抖——“啊呀你这孩子!”——思想纯朴，由于他有纯粹北方农民的血统而且没有丝毫改变，这杂声是从他的喉咙里发出来的，是要雄辩地说话的高尚的腭音——“我，我相信 Le Bon Dieu,[①] 杰基,”——手掌向上——“上帝保佑我，创造了我，拯救了我——”他拉住我的胳臂，友好地——“嗨!”他大声叫道，突然记起了格肖姆大街人行道上跟着那个男孩飞跑的小姑娘，泛红的暮色映照他的屁股，他抬头漫不经心地朝天空上的窟窿眨了一眼，伊迪儿说道，“很不好意思我就是那个我们看见飞跑的小孩——我也是个小姑娘似的男孩!”他扭动好像包裹起来的铁炮一样的大屁股，大摇大摆横冲直撞，还假装斯文地在寒夜挥动他的钉子似的手指头——他走回来，又用手臂挽着我，哈哈地笑着，拉着我在街上走着，去参加生日派对并且很相信我——声音大得两个街区之外都听得见，说道，“啊呀，我们俩是好朋友，对吗?”——他使我心潮澎湃，叫我见到了上天的爱，让我打开了天真愚昧的双眼——他两颊涨得通红，跃跃欲试，要以他的妙招修理这个世界——“明白了吗，小子?”

二八

我们踏上了小平房的台阶，屋里只有厨房的灯亮着，我们走进屋子，他的大哥吉米站在仿漆布的地毯中央，朝我们微笑——里面

① 法文，仁慈的上帝。

有一个厨房，一个客厅，一个餐厅，这一对没有孩子的年轻夫妻，把另一间备用的卧室变成了一间娱乐室——屋子里奇怪地寂静——

“把你的大衣和胶鞋脱了，杰克，”他们两个都这样关照我。我于是就脱了大衣和胶鞋。

于是从娱乐室里爆发出一阵尖叫声，“生日快乐！！！”我的父亲冲出房间，接着从另外一间屋子里走出来的是我的母亲，从第三个房间里出来的是布拉德华斯和玛吉，后面跟着的是我的姐姐小宁，吉米的妻子珍妮特，虱子，泰菲·特鲁曼，埃德·伊诺，以及别的人——让我永生难忘的一张张面孔——整座屋子里的人都咆哮了。“唷！”大声尖叫的吉米打开一大瓶威士忌送到我的面前——我在人们的欢呼声中喝了火辣辣的一大口——接着是一只大蛋糕，上面插着蜡烛——庆祝活动开始——我吹灭了蜡烛——欢呼声响彻整座屋子！我们站在厨房里大声喊叫，吃着蛋糕——

“给今晚的主角一大块蛋糕！让他明年秋天多长点肉！”——笑声，是人丛里面一个姑娘的快乐的尖叫声，在这太美好的世界上，在挤在一起的兴奋的人群中，我还没来得及跟老妈或者老爸或者玛吉打个招呼——我看见伊迪儿带着她的女朋友玛莎·阿尔波奇，手里拿着蛋糕，就像在电影里一样跟人们一个个地上前招呼，他突然“噗！”的一声大笑，这声响像攻城槌一样冲撞他的大肚子，到了喉咙口，喷出了长长的一条黏液挂在蛋糕上——谁也没有看见这情景，他蹲下身子跪在地上捧着肚子大笑——他的古里古怪的大哥吉米人来疯，尖声大喊说着黄色笑话，在炉子旁边我的老爸也一样，咆哮着铺天盖地而来的暴风雪吹得屋顶也在猛烈地颤抖，屋内的热气冲击着窗户，我一把搂住玛吉的腰肢，我大声喊叫——门开了，又来了一些人——见又有新到的人拥进屋子，人们大喊大叫转过一张张红通通的面孔。赞许声、欢呼声、酒瓶的碰撞声此起彼伏——“啊让，”老妈在我的耳朵旁大声说道，“今天晚上你的同学预计有许许多多要来！——小宁为你安排了一个盛大的晚会——还有一大半的人要来，你该去瞧一瞧她跟玛吉拟定的名单——”

“玛吉也帮忙了吗?”

“当然啦！啊杰基，”——声音悲切地一把抓住我，脸上红彤彤的，她穿一条最合身的棉布裙子，头发上扎着白色的丝带，此时她伸手拉了拉我穿在身上热烘烘傻里傻气的宽大球衫里的T恤衫，“一场特大的暴风雪，电台里说这是多年不遇的暴风雪——”然后高兴地说道：“嘘嘘好好亲亲抱我一下，哎嘘我现在悄悄地给你一张五元钞票，千万别跟人说，唔？——tiens①——那是你十七岁生日礼物，好好乐一乐多吃点冰激凌，叫玛吉跟你一块儿来——哦宝贝?”

“噗呼嘿哈哈!”吉米·比索内特发出疯子似的大笑声，这笑声压倒了你在三个街区之外都可以听到的一屋子唧唧喳喳说话声和喧闹声，我睁大眼睛看着他，他们跟我说这个人在许多个夜里，在狂放的洛厄尔城的业余时间里，摆擂台打赌，并且用手里的一枚硬币打飞桌子上的七枚、八枚、九枚，甚至十枚硬币，那都是在湖边小屋俱乐部里，在参加野外聚会的加拿大人狂笑声中进行的，那是疯狂可怕的夏夜，一轮明月蓝得像常青藤映照着湖面，或者是冬天，那时可以听见钢琴弹奏的音乐，看见烟雾缭绕，关上冷酷的百叶窗

---

① 法文语气词，相当于“喂”。

叫呀跳呀，苍白的芦苇在坚冰上毕卜作响（闲置的跳板）——伴随着狂欢之夜打赌的叫喊声、尖叫声、托尔斯泰小说里的喝彩声和欢呼声——吉米疯狂地追逐姑娘——他满头大汗，两条短而粗的腿在穆迪街的木头吧台之间上蹿下跳，在俱乐部鬼影似的橘黄色的招待会上，飘窗外可以看到电报线（福特街，奇弗街）——他长着两个招风耳——他走起路来都是急急忙忙的——两条腿跨着小小的步子疾走——你只看到他仰着高傲的脑袋，从喉咙里迸发出呼噜呼噜伊迪儿式的欢快声音，然后借着双脚的快速移动，瘦长得像脱节似的腰部也扭动起来……有时候还噼啪作响，洋溢着法裔加拿大人欣喜若狂心情的星期六迷惘之夜——

还有我的父亲，在厨房的人群中他只是大声嚷嚷，咳嗽，挤在人们的背后大声说着他自己的毫不节制的言语——他穿着一套宽大的褐色新衣，黑乎乎的脸差不多变得像红砖一样的颜色了，衣领软绵绵的，领带皱巴巴乱糟糟的，绞在他汗津津邋罪的脖子上——“哈哈别把那东西给我，玛吉！”紧紧地抱着她，拍着她的屁股，说道，“我知道你从没让他们见过泳衣该怎么穿，我倒觉得你真应该穿！”（咳得厉害）——对这些话语和举动，玛吉不动声色地化险为夷，像引爆炸弹一样——窗口站着朝外张望的人，看着暴风雪“哦，哇”地惊叹——

“会是一个好兆头。”

“你们看纷纷扬扬落下来的雪花。肯定是的。”

“是啊，又是这么大的风，那就会是一场大雪——”

“哎咱们唱歌吧，谁来唱一支！——喂吉米给他们唱一支好玩的歌，你唱的黄色歌曲！”

“是中学晚会！放心吧！唔呵呵喂哈哈！”

维尼、G.J.、斯科蒂到了，穿着大衣，围着围巾，带着女朋友，来迟了——暴风雪之故——一家人的朋友兴高采烈地大声喊叫着拥进屋子，雪花，瓶装酒——参加派对的人都疯狂了。查理·布拉德华斯的三个伙伴，从洛厄尔高地居住区[①]来的雷德·莫兰、哈罗德·奎恩和泰菲·特鲁曼没有表情地在一个角落里坐着，法裔加拿大人用法语大声喊叫，这些小子们睁大眼睛听着，不知道在说什么——我的父亲大声道，“行了，咱们说英语，这样大家都可以跟布拉蒂和这些孩子们随便聊天——我说雷德，你父亲是不是威斯特福街那个什么广场开那家肉店的吉姆·霍根老先生，你们知道我是说谁——”

“不是，”大声回答道，“不是，杜洛兹先生，那个开店的是我们家的一个亲戚——路克·莫伦不是霍根——”

“我想起来了——几年前在威斯特福街开一家小店——他的妻子叫玛利亚——墙上挂着单簧口琴。多年来我们都在他那里买东西。森特维尔区。”

“我不知道你说的是谁——”雷德不信他的话。“不是——”

雷德的父亲是谁，他们没法达成一致意见——优秀的少年投手泰菲·特鲁曼坐在那里双手紧握，等待着结论。

他旁边是布拉德华斯棒球队的主角哈罗德·奎恩，在南方公地尘土飞扬的黄昏联赛上，我见过他傲然站在二垒上，随着球棒啪的一击，球在二垒不平整的草坪上跳过去，哈罗德·奎恩跨过去，果

---

① Highlands，洛厄尔市最大的区。

断地用一只手套把球捞起来，他把球掷向一垒，很快开始一次双杀，又迅速回到本垒，用穿防滑鞋的脚轻扣，等待着，跑垒者在飞扬的尘土里悄然来到他面前，他用手套接住低平球，在那个人的肩膀上做了一个毫不招摇的出局轻扣动作，收拢左脚，尘土飞扬的时候他悄悄吐了一口，唾液飞向空中，落到尘土里，那个人出局了——他旁边的雷德·莫兰坐在椅子上俯身向前，见生日派对还准备了增添热闹气氛用的呱呱板，顺手拿了一个戴草帽的小玩具把玩——

乒，乓，我的整个洛厄尔城都在发狂。

二九

屋内的热气直冲天花板。窗子上结着水汽。别的屋子里狂热的窗子和星期六夜的派对，闪耀着真实生活炽热洋溢的金色。我已经是大汗淋漓，宽大的运动衣快把我闷死了，害得我浑身烘热，满头大汗，在自己的派对上竟然那么苦恼。厨房里年纪大一点的人差不多已经醉醺醺的了，只能挨个儿喝一小口，边唱边喝；在大声的吵吵嚷嚷中，年轻人开始玩邮递员敲门游戏，一对对嘻嘻哈哈的人跑到又冷又暗、窗外暴风雪肆虐、室内没有暖气的客厅，双双搂住脖子亲吻。玛吉成了明星。布拉德华斯、莫兰、奎恩、特鲁曼，甚至虱子，大家一忽儿把她拥进客厅里，一忽儿拥到客厅外，一个个拥着她热烈地亲吻——我醋意大发，脸都发烫了。等到旋转的酒瓶转过来对准我们的时候，我一把抱住她冲到客厅里——

“今天晚上你发疯似的吻布拉德华斯。”

“不可以吗，呆子？那是规则。”

“是啊可是他喜欢——你喜欢——”

“怎么样？”

“所以——我要——”我抓住她，人在发抖；她挣脱了我。“没关系。”

“又吃醋了。我们回到里面去。”

“怎么，马上进去？”

“因为——这里很冷——听见吗！他们都在笑呢！”说着她就回到有暖气的房间里，我跟在后面伸手去拉，但是没有拉住。一忽儿冷一忽儿热，我们又一次到了客厅里的时候，她冲到我的怀里，咬着我的嘴唇，我耳朵上感觉到了泪水，湿漉漉的——“哦杰克，今晚就爱我吧！所有这些人都在追我！——那个吉米在我身上摸——”

“那别让！”

“哎呀你这傻瓜——”她双手抱在胸前，站在变白的窗口。“你瞧暴风雪在窗玻璃上铺了一层雪——上帝啊，我不知道我的父亲还要不要出去在泥泞里干活——我应该打电话回去——也许洛伊的汽车也开不动了——”她蜷缩在我的怀里，沉思着：——“你听说过没有，克兰西的三胞胎有一个死了，哎呀，是什么喉咙痛，发病一天里就死了——我可以把事情详详细细地说给你听，不过让人太伤心了，所以我们别去说它了——”

“你老是说南洛厄尔的坏消息，老是这样，老是这样。”

“我就是有点害怕，生怕我们家也出什么事——你听说埃迪·科尔德纳的事了吗？你知道埃迪他现在送医院了，他是萨福克编织厂的工人，一架货运电梯从四楼坠落，出了什么故障，电梯里正好装了货，坠落下来把他压住了，你说吓人不吓人？哦，我干吗在你的生日派对上说这些？”

“玛吉——玛吉——”

“怎么样了？”——贴着我的耳朵——“我生命之爱——”

“我是吗，真的？——假如你不来参加我的生日派对，我不知道会怎么样了——”

“生气了吗？”

“没有——真的。”

“——在这么多人面前就有问题了。唉，”她叹了一口气，“我看我是个脑子乱糟糟的人。”她在我伤心的怀抱里娇滴滴的，又是一脸的愁容。我怕说出话来让她厌烦。屋子里乱糟糟的，大家都在跟我说话，整个晚上我都在人群中挤着，要挤到她的面前——心想我现在怕是要失去她了——虱子抓住我的胳臂要叫我好好乐一乐；他已经有点看出来了；我感觉到了他对我的爱，男人对男人，孩子对孩子，“啊杰基，你这人，别当回事，别当回事 你难道不知道，我现在还是这样说，那顿美食是星期天我在你们家吃得最丰盛的一顿，唔？——怎么，那一顿甚至比去年夏天你自己动手做的汉堡还棒——就为我一个人！你这个好心肠的杰克！我闯进门来，你醒了，你在煎锅里放了半磅的黄油，大块的牛肉，吱吱吱，冒出烟来，洋葱，番茄酱——不是吗？世界上最了不起的厨师！”

我们一起看着玛吉和布拉德华斯挤出去，到了客厅里，而雷德·莫兰则要把她拉到另一边去——我真想把这两个小子拉到爱尔兰旋转门柱上，塞到欧洲赤松硬木门缝里轧死——

"没什么，扎格，她是一个小姑娘，喜欢热闹——我没有吻她，我是哈哈地笑——我是哈哈地笑！嘿嘿！不过是个小姑娘，扎格，一个小姑娘。下个星期我们都要放下我们个人的东西搞一点训练了，对吗？——棒球！分工也都明确了！我们的忠实伙伴伊迪儿担当接手，小子山姆还有我上三垒——就跟过去一个样，还是一样，什么都没有变动，老兄!"

"提出你们的要求!"斯科蒂也走过来大声说道，我们站在房间的中央手挽着手，头顶在一起。

"斯科蒂上三垒——超人G.J.进投球区——整整一个赛季的有趣比赛！——真是皆大欢喜!"

古斯也挤过来了——"扎格，我本不想说什么，可是刚才玛吉·卡西迪一屁股坐到我的手上，不肯走开，我跟你说，我这一辈子从来没有这么尴尬过，我以我老妈的名誉发誓——是她一步也不肯动！还有那个大个子埃米尔·杜洛兹，你的老爸，看到一个姑娘走开，他的的确确就盯着人家的屁股看，可是她坐在他的膝头上，他一直都在拧她的下巴，跟她讲笑话你知道吗？扎格他会做出什么事来？——他压在一个姑娘身上那还不把她压死呀——你一定见过他眼睛突出来，那样子多可怕！我真为玛吉觉得害怕。我要提醒你扎格，你的死敌弗兰克·梅里威尔塞给我两张钞票，叫我不要把这事告诉你——"

虱子："等晚会结束了，朋友们，我就回家，你们知道睡在自家床上多么舒服。"又贴着我的耳朵悄声道："波琳深深地爱着你，杰克，不是瞎说！每次见到她都说你怎么怎么好，哦，甚至在昨天我没课的时候，我走进教室她就问我是不是要做家庭作业，我回答说差不多吧——嗨，那节课后来我就一直没有翻过书。不停地问这问那——她甚至还说我笑起来也像你，我说话也像你，做的手势也像。她问你有没有胖起来，她是胖了。真的杰克，她还说到了将来。她将来要跟你结婚，只要你想象得出来的事都说到了。这件事我可不能原话照搬。她问了我许许多多的问题。她问我你是不是有别的女朋友。她连玛吉的名字提都没提。为了让她感觉自在一点，我慢吞吞地说，'没有，'——我很希望可以花整整一天工夫，把她说的话都详详细细跟你说说。你听好了，你这个做事鬼鬼祟祟的家伙，那第一个星期天你到波琳家门口的时候，你跟她说了什么话——去年十一月比赛结束之后——难道你们面对面什么也没说？我可掌握另一种说法，她跟我说，'哦，我了解你的一些情况，'她说，'你应该觉得难为情——'都说出来吧——啊？跟我老实坦白！"我跟她说了，我和虱子演示了那一回的第一次接吻。"再见，你这个鬼鬼祟祟的比利时小子！我要回家去，脑袋靠着舒舒服服的白色枕头，梦想黑影憧憧的天使，现在你这个小子——这样的暴风雪睡一觉多舒服！"

"扎格，"在喧哗声中 G. J. 沉着镇定地说道，同时用胳臂亲切地搂着我，"还记得我们两个在门厅里打架吗？你在外面叫我——'洋尼！'——我很天真地从楼上下来，像个平常的人，可是你躲在黑暗里，两眼发光，喘着大气，给我一拳——昨天我却看到了完全不同的一幕，你扭住我的胳臂发出吱嘎一声响，我突然朝你打出一记左钩拳，你在重击之下踉跄了几步，接着很快回击了一记钩拳，打中了我的下巴——我迅速报以一记左钩拳，击中你的腹股沟，小子，你有没有啊了一声——左躲右闪我就迅速逼近，要将你打倒在地——四记左拳七记右拳我把你打得跪下来，然后说时迟那时快，我伸手拿过铁家伙朝你头上敲去。你脸上突然一惊，你竭力从地上爬起来——你已经被打倒在地——我使出浑身的力量将手中的铁家伙在头顶高高举起，重重地揍在你的脑袋上，像一头牛一样把你打倒了——啊生命是多么脆弱！”他突然看上去心情抑郁起来。“幸福将会消失，痛苦、动辄发脾气、毫不在乎，还会在这个麻烦的世界回潮。可是，假如上帝高兴了又怎么办，那也没有什么害处——都是我们的梦想，扎格，一起度过的童年——就像在门厅里打架那样的事情——现在你已经长大，你的妈妈为你举办盛大的生日晚会，你的女朋友在这里，你的父亲，还有你的朋友——是的，杰克，别欺骗自己，在这个世界上还是有一些善良的人的——也许将来有一天你会感到羞愧，但是绝不要因为我而感到羞愧，不要为我们一起经历的事而羞愧，我们，不要为说过的愚蠢的话、经历过愚蠢的冒险而羞愧——看看虱子，这个好心善良的比利时人要回家去睡觉——再过一会儿他就要顶着暴风雪，沿着里弗赛德街走去，我在我家厨房窗口看到他已经上千回了，嘴上骂这世界可恶极了，世界上一切都是好好儿的，虱子也心满意足了，他控制住了自己的情绪，他要回家去好好儿睡一觉——就是这么一回事，扎格。”

斯科蒂头发梳得油亮，衣服穿得笔挺，满脸笑容地说道：“你这小子要是不安好心你就得小心——哈哈哈！到了星期六下午五点我这个时候正在工作，尤其是星期五的夜里要一直工作到十一点钟——维尼那天是筋疲力尽，骑着萨萨的自行车陷进马路上的一个窟窿里，一条腿还有四个手指头都划破了，我个人觉得他是有点装开心——瞧见他了吗？他现在在劳伦斯，就要有一份好工作了，从早到晚扛棉布大包——不过今年夏天我们又都可以在一起了，而且这一回还有一辆破车，比赛结束去游泳——”

“希望这样吧，斯科蒂。”后来，坐在木柴炉子旁，我们毅然决然地做了通盘考虑，结果还是相差十万八千里。

他坚定地伸出手臂挽着我，笑了。

我闭上眼睛，我看见星期六晚上彩色精选连环画“费根，你们都是狠心的人”里的小傻瓜笨基·德贝克，穿着大向日葵花边的婴儿装，坐在饼干盒子上，他对可爱的大个子查普林·费根抱怨说，而在暗红色的漫画里，大个子流浪汉戴着面具爬出窗外，他的嘴唇回答说，“为什么我是个狠心的人，笨基！”——玛吉在疯狂地跳舞，我呆呆地坐在那里——

我的老妈挤过人群兴高采烈地走来，她耸着肩膀但是不说话，久久地搂着我，目的是要让大家看看她是多么地宠爱儿子，接着她大声道，“哎呀，你看你看，杰基老妈过来是要响亮地亲你一下！”“咂”的一声响！

摄影师来了，大家尖声大叫，七嘴八舌，一人一个主意——一个个满头大汗，拍了两张集体照——第一张集体照，我站在妈妈和爸爸之间，布拉德华斯、特鲁曼和莫兰坐在我们的左侧，庄严地代表兄弟学校的运动员，他们的眼睛闪烁着光芒，吉姆手挽着他的伙伴们，吉米·比索内特和他的妻子珍妮特，作为主人坐在我的右侧——吉米对着照相机脸上装出笑容，憋不住就要嘻嘻哈哈地大笑起来，他像色情照片里的主角，穿的是欧洲外套一样的紧身法式酒色之徒外衣，在阴暗的房间里和裸体女人在一起表演严肃的技艺——乐不可支的鼻子，小小的嘴唇，在这个夜晚的自豪感。他的背后站着我的父亲，扶着我的肩膀，搭在我肩上的苍白手指头，因为有白色墙纸的衬托而模糊，他很高兴，大背心，紧外套，整个晚上他在派对上都狂热地喊叫，“叫小姑娘玛吉好好乐一乐哈哈哈”——而在照片里，他咳得厉害，脸涨得通红，非常自豪，紧紧搂着我，这样，照片一上报外界就都知道他非常地爱我，怀着同样的单纯和深信不疑，那个吉米面对贪婪的世人抬起他的笑脸——我的父亲就像果戈理笔下旧俄国小说里在家指手画脚的主人公。“快去抓住那只小鸟，[①] 我们大家现在都是笑得最好的时候——快杰基，笑一笑，我这孩子从来不笑，真是的，他五岁的时候我下班回家，他常常一个人坐在门口，有一回他甚至拿一根绳子把自己绑起来，小家伙性格很闷，我对他说，‘你一个人在想什么呢，好儿子？你为什么不笑一笑，你老叫你爸妈操心，爸妈这一辈子什么都给你了，还不知道怎样才能让你开心，可是得到的充其量也只不过是沉闷的世界，我承认——”

“大家别动了！”

“啊哼！”我父亲清了清喉咙，非常地认真——咔嚓，照片拍好了——我在照片里甚至还没有笑过，我的样子像一个傻乎乎的孩子，一张难受（因为流汗和照相机黑影之故）紧张愚蠢病态弱智的脸，两手垂下在裤子拉链前握着，所以我的样子就像一个很不正常的男孩，在客厅里举办盛大生日晚会的时候，没精打采地寻找他对于虚荣的梦想——一脸愁容，垂头丧气的样子，但是大家一个个都很有感情围在我的周围，保护好照片的文字说明：**“运动员获奖留念”**。

---

① 说这句话就露出微笑。

突然之间我在另一张照片（“感谢上帝!”我心里说道，第二天在《洛厄尔晚报》上看到了这张照片）上成了一名希腊运动员英雄，卷曲的黑发，象牙白的脸，非常清澈的灰褐色眼睛，高贵少年的脖子，有力的双手分开如回头后顾的狮子，分别抓住很不自在的膝头——我没有抓住玛吉来拍一张像喜笑颜开的未婚妻一样的照片，相反我们面对面坐在桌子边而桌子上还堆满了小礼品（收音机、棒球手套、领带）——尽管如此我还是没有微笑，我是一脸严肃，虚荣的表情，心里在想着照相机如何能表现这响着回声的大厅和空气如此沉闷的黑暗走廊，我有自己特殊的荣誉，而不是像伊迪儿那样，在后排站位上伸出双臂搂住玛莎·阿尔波奇和路易·杰洛，爆发出爽朗的笑声——大个子伊迪儿嘴上说出“嘿!”的一声像打雷一样的轰隆声，和热爱生活、搂着姑娘、砸坏篱笆、渴望得到满足的得意洋洋的表情，吓得摄影师毛发倒竖。至于玛吉，她神情严肃，面对照相机是全然不屑一顾的样子，不想与拍照有任何牵连（像我一样），但是态度比我强烈，我板着脸的时候她心存疑虑，我睁大眼睛瞪着这个世界的时候她噘着嘴——因为在报上刊登出来的照片里，我双眼闪亮对照相机显然感兴趣，而像意料之外的事情一样，起初我并没有注意到照相机——而玛吉则表现出毫不加掩饰的厌恶。她胸前挂着一个十字架，因此她态度一本正经，与照相机里的世界不会有深一层的交往。

三〇

生日派对结束了，回家的路线安排好了，出租车叫了——风雪中喇叭声响，雪球在呼啸的雨雪中噼啪作响，汽车马达轰然启动，呜呜呜——坐不下了。“咱们能不能在后面挤挤？”

“唔？我不知道。”

“坐不下了吗？”

“那是！快点啦——”

“噢真是的！”

都是些傻乎乎的人，动作慢吞吞的。

“晚安宝贝——晚安——”

在风雪中招呼着——穆迪街上半个街区都挤满了一辆辆的卡车，听见防滑链的撞击声，人们的喊叫声，铁锹铲雪的声音，暴风雪招来许多人出来帮忙——“嗨，我要挣一点钱回去，”在洛厄尔城米德尔塞克斯街的贫民区居住的一群男人这么说，还踏着因嗜酒引起的疼痛的双脚，来到市政厅什么的机关，要为市里干活。伊迪儿在晚会结束、人们散去的时候这样说过。

生日晚会非常圆满——晚会圆满成功，可是我没有出过力。感谢上帝公共汽车一直在来回跑着，所以大多数人都乘公共汽车回家，玛吉由于家住三英里之外，又要穿过整个城市到郊区，因此只好叫出租车——我们跑到我家对面的玛丽娅通宵叫车点，拦下了一辆。我抬头看见了我们公寓的黑洞洞的窗户。现在生日晚会结束之后一切都像好梦做醒的味道，也像一颗蛀牙拔掉一样。玛吉说：“这是唯一一次你没有送我回南洛厄尔、然后再走路回波塔基维尔。”

“怎么就不可以送你？”

“这么大的雪你两条腿也走不了……十英寸厚的积雪。”这样小看人的话倒叫我天真的爱情坚强起来：——我完全能够像格陵兰舰队的北极布莱克上校一样，在这样的暴风雪中走路，而且还真这样走过，从德雷克特森林，在黑夜里，在暴风雪中，走到松溪镇，手拿一根长杆探路，这样才不至于掉进河里，或者踩到窨井里——我还站在夜的森林里倾听雪花和冬天的光枝桠的亲吻，在湿漉漉黏糊糊的桉树树枝上，雨夹雪在噼啪作响，像带电粒子那样充满期待地发出咔嚓声——

“是的，我可以在这么大的暴风雪里行走——但是今天晚上我不会，我没有套鞋，都放在楼上，还有虽说我是个大小伙子，可是太困了——现在是凌晨三点！”

“我也是。啊，晚会多棒！”

“你喜欢吗？”

“当然。”

“我父亲怎么样？”

“他很有趣。”

“是吗？我们都很开心。啊，好几个人在那里玩得很带劲——”

“我说的不是这个意思，”玛吉尖锐地指出。

“什么？”

“那是为你过生日。你应该看重这个派对。”

“我确实是很看重的！”

“你要是这样说话谁也不会信。”

“哦你了解。……”

“是啊，”玛吉说道，几乎是嗤笑，“那是因为我跟你一个样——”我们相爱以来她是第一回这样没完没了地唠叨，一半身子是态度坚强地站在门口，一半身子是弓着——我站在她的身旁很自豪，马路对面纺织厂午餐店里，有几个人看出来我是在跟一个漂亮的黑发小妞等出租车——我年龄还太小，不会因为不能把她带回家跟她上床而焦躁不安。我在傻乎乎地观望马路对面别的公寓房楼上的窗子，玛吉拿出小镜子在整理她的头发；出租车站点房子里的天花板上挂着一盏悲凉的球形红灯。拖着脚走路的可怜的人们在穆迪街上被风雪吞没，掠过街头弧光灯红光的灿烂雪花横在面前。我吻着玛吉——她伸过手来抱住我，她镇静、娇小、富有朝气，我只要一提吻这个字她就会跟我热烈地亲吻起来。我现在是刚开始感觉到她的性趣，可是太晚了。

马路对面走着参加生日晚会的一部分人，他们是要到纺织厂午餐点里去吃汉堡包、喝咖啡，他们一哄而入，你看见投币式自动唱机指示灯的一闪，柜台服务员两个刺了花纹的手臂放在柜台上，一脸古怪的表情朝着老爸嚷道，“Oy la gagne des beaux matoux!”(嚯，一帮子花花公子!)，那些年纪大一点的朋友们半醉半醒地指责餐馆里的氤氲气氛，唠叨个不停，他们都喝醉了，累了，但是肚子不饿，没好声气地看待一切，见了什么都嗤之以鼻——但是又突然间大笑，大声地说着并非出于自愿的吵吵嚷嚷的玩笑话，煞有介事地要让人知道他们的关心和突然表现出来的好意，态度温和而高兴——柜台服务员转身去煮客人要的咖啡的时候，嘴角轻轻嘟哝了一声。

透过挂满了水汽的窗子和外面纷纷扬扬的大雪，他们一定看见马路对面我和玛吉站在门道里紧紧挨在一起，站着的路人突然间变成热吻的一对，然后又回到原先路人的样子，让人觉得没有等车的意向。

“你们的晚会很不错，我觉得这是他们能给你安排的最棒的生日晚会了——”

“是啊——不是这个意思——我是想说——你今天晚上看见我高兴吗?”

“我今天晚上是非得见你一见——”

“我心里明白只要见到我哈哈说句笑话——你就舒服了。好好睡上一觉，你回到家里就会好了——”

“杰基!”她一把将我抱住，双臂紧紧搂着我的脖子，腹部紧贴着我，身子向后弓起，为的是要好好将我端详——“我想回到自己的一间屋子里，跟你一起睡觉，跟你做夫妻。”

我低头思索起来——我不知道该怎么办——“唔?”我在脑海里看见我妈妈说玛吉“太心急了”，别的人也在议论，这婚后的美好未来，我跟玛吉夜里很晚才从晚会疲倦地回家，在玫瑰色的墙纸之间踏上黑暗中的台阶走到楼上，走进房间影影绰绰丝绒般的黑暗中，进屋后我们就脱掉大衣，穿上睡袍，而在脱了大衣还没有穿睡袍的间隙，我们在很有弹性的床上赤裸裸地躺着。一个健壮可爱的男婴眼睛里闪烁着节日的神情。在婴儿床上，在玫瑰色的黑暗中，他噘着小嘴坠入梦乡。你们无论怎样大声喧哗，无论持剑天使如何搅得眼前飞蛾群集，都无法打扰他的好梦，不一会儿一切都已散去，极目望去唯有漫天飞雪——玛吉在现实中的婴儿——我的孩子，我的儿子，在这大雪纷飞的世界——我的灰褐色的家——玛吉的河水使春天里的泥浆更显芬芳。

她乘上了出租车，是我的一个朋友开的，在我踩着泥土路的童年，在这个村子的阿拉伯人农业劳动者的黄昏，我无数次见过他，他叫奈德，叫弗莱德，他是个很好的孩子，他们亮着悲凉通红的尾灯开动车子，在这阴冷的冬天里喷出尾气的时候，说了一句玩笑话，防滑链哗啦啦响着开向远方，向着我的爱情之箭的源头，南洛厄尔。

三一

一个个小小的天堂里，一切都在慢条斯理地进行着。一个个小小的晚会都结束了。

我的父亲在餐馆里的嬉闹还只是刚刚开始，我走进店内是想要感受一下我这一天最后的喜悦，可是结果我在淡绿的灯光下哈欠连连，并且拿了三个汉堡包浇上番茄酱撒上生洋葱，而别的人都在唱呀叫呀，歌唱新英格兰的美好的星期六夜，歌唱新英格兰的暴风雪，黎明时分瓶子打开了，聚会换了地方，在格肖姆大街到了阴沉沉的六点钟，只有波塔基维尔脸色苍白的老人，披着黑色面纱在白茫茫的路上走着，到教堂去做礼拜，这时候从公寓房里面的深处，从放着圆黑铁煤气炉子的厨房传来一个老太太的尖声大笑，窗子哗啦一声响，黑衣小男孩在枕头上睡不着了，早晨的暴风雪让他睁不开眼睛——我也一样，我现在就去睡觉，把枕头上的黑天使变成一片空白——这个世界不是一片空白——“去吧，杰基，我的孩子，”我父亲还这样说，一边与摔跤手内德·莱恩哈哈大笑，他也是这家午餐店的一个店主，“要是你想去睡觉就去睡吧，你一直在打哈欠，昨夜孩子们太兴奋了，”——内德·莱恩将在商战中死去——干那一行谁都没有找到过干起来得心应手的竞技场——我姐姐的闺蜜，我姐姐少女时代就要好的小朋友，要跟他结婚，那在这个开放的世界严肃现实里真是找错人了。扎根在这样的现实中的人，已经在凄凉的氛围中伸出了关节粗大的双手。

“那好爸爸，我去睡觉了。”

“你的生日晚会喜欢吗？”

“Oui.”[1]

“那就好——要是他们问你我在店里喝酒了没有，你谁也别告诉，我不想让人像小孩子一样管着。”每天晚上回家用晚餐之前，我父亲习惯在马路对面的会所里喝两三小杯的威士忌，那是最开心的时刻，我看见他从那里出来直接穿过马路走进理发店，把这个场景拉长放大，只见他坐在理发店里，倘若是在夏天的夜晚，他就把草帽挂起来，而我此时正好穿着胶底运动鞋沿着马路在离家两个街区的地方跑步，当时我比现在小两岁，看见他在理发店里样子很难相信的滑稽，身上披着理发师的白色围布，手里拿着一本杂志，而理发师则弓着身子替他刮胡子。“晚安，孩子，要是你想跟玛吉结婚，那她真是个最漂亮的姑娘，她的的确确是个爱尔兰人，在我的眼里看来她是一个很好的姑娘。”

三二

“我穿的是很保暖的大衣，”布拉德华斯说道，他走在寒冷北方

---

① 法文，是的。

三月泛红的暮色里，那是靠近新罕布什尔州[1]边界的马萨诸塞，“可是今天晚上穿着却不暖，”他说了一句很刻薄的笑话，而且一脸的怒气，我突然明白他是一个出名的怀疑论者，对天气会想得很多，常常在说话中拿出来说上一通，或者用这样的可怕的发现来起誓。“天哪，过不了多久解冻就要结束了。”

三三

四月到了。四月和三月联手在林子里生成了泥浆，马戏场的旗杆顶上斜拉起长串的三角旗，撑起了五月的禁止张贴启事。夏天即将潜入春天的角落，到处都变得干燥起来——担当重要角色的蟋蟀，也将从他的石头缝里爬出来。我的生日派对过去了，玛吉越来越不喜欢我，而我则越来越喜欢她，或者说越来越肯定。季节在它自己看不见的轴心上旋转。

问题是——玛吉想要我在与她相伴和心心相印的契约婚姻关系中，更加坚定、更加承担起责任来——她想要我不再表现出小学生的行为来，而是要做好思想准备，成家立业，为她，为孩子们，为全家人争口气。微风过处送来春天的气息，也说明了这个道理，随着玛吉家的马萨诸塞大街上结了冰的车辙开始解冻，冰封的大河里冰块晶莹闪烁，毕卜作响，并且漂动起来，景象令人欣喜——艾肯街和穆迪街的街角，外表斯文的小流氓嘴上吐出不干不净的字眼，一边还在招手，但是你的五月依然还会来到。枝头的小鸟“傻瓜傻

① 马萨诸塞州位于新罕布什尔州的南面。

瓜”地叫着，我知道春季一到树浆就会渗出来——“你永远不会知道林子底下是湿润的，”老斗士在松树林里会这样说。我走遍洛厄尔全城，嗯嗯呀呀说着心里的诗句。鸽子也在咕咕地叫唤。风声就像琴声呜呜地吹遍洛厄尔的每个角落。

此刻我想查个究竟，我对玛吉的爱到底怎么了。情况不很妙。

我现在已经不会问自己，“玛吉我该怎么办?”就像一个小学生一样，我最后决定让她去见鬼吧，这样一来我的里兹饼干和花生奶油就不见了。一想到失去我的家，进入婚礼和蜜月的未知自杀境地，我就像一个大孩子一样噘起嘴巴——“亲爱的，”玛吉说道，“没事，继续去上学，我不想来阻拦你或者插手干涉你的前途，你比我清楚该怎么办。你知道，也许跟你一起生活不很现实。”那是一个暖融融的三月下旬的夜晚；我已经领略明晃晃的月亮，三月的巫婆披着她们的黑袍骑着扫帚飞跑，后面小灵狗在紧追，在荒野上一声声地嚎叫，没有树叶在飘落，而是在脚底下被踩烂了，一头恼怒而湿淋淋的野兽在地上打滚，你即将认识到，这片美丽土地的国王不会在这片林间戴上他华丽的冠冕——我看见蓝色的小鸟在湿漉漉、黑乎乎的树枝上颤抖，“嚯!!”

呼呼作响的春天，进入我圣洁的生命，迅速穿过虔诚大脑的走廊和礼仪小巷，使我猛醒死而复生，重新担当做人和不断成长的使命。我深深地呼吸，抄近路踏着松散的煤渣，快步走过纺织厂背后靠近大河的堆料场砾石车道——夜晚，在这很不自在的高处往下看去，洛厄尔城尽收眼底，看见下面是黑黝黝的悲凉河水，看见枯死的灌木丛的影子和丢弃的婴儿尿尿器，老鼠在里面出没，难闻的沙土，下水道的臭气——春天的夜晚，我从玛吉那里回家的路上就可以闻到这样的臭气，春天里下水道底下结成块的腐败泔脚，散发出难闻的恶臭，就从窨井盖上冒出，而我知道——香臭混杂伴随着河道转弯处的汩汩声——站在望湖街，我真的闻到了准备迎接地面干燥明亮的夏日到来的松果气息，如火如荼的杜鹃花又使得法塔迪太太的园子声名大振，而今后几个月里从隔壁拉丁根家的客厅里飘来的只有肥皂泡沫的气味——你绝不会把春天的到来与女人们在家门口敲打拖把柄的声音混淆——“此刻里面有我的老爸，”玛吉立即会说，因为当时她正好转弯走到南洛厄尔的商店和酒吧集中的地方，经过卡西迪先生回家睡觉之前喝一杯威士忌加啤酒的小餐馆。“于是我就说，‘咱们要六杯酒，喝干一杯，喝干两杯，看谁先喝干，然后咱们倒过杯子，其余没喝的都不要了！’——‘什么？’他对我说，‘进来就这么喝酒我怎么也不明白——’‘啊天哪，’我说，‘你挣的钱跟我一样多对吗？我在这一带也混了十七年了对吗？所以你希望我停下来再跟你说一遍。你就闭上嘴巴，眼睛睁大——你就会明白的——’”玛吉走过来听到了我说的话，笑了，她回家把这些话说给她母亲听——冷笑。一个小孩子出来了，站在阳台上，出来的还有月亮。我匆匆地走在阿拉伯农民的褐色人生灯光里，在墓地拐弯处跳下公共汽车，穿过一条铁路天桥和一个灯光微弱、两条大路大致在这里相交的大广场，然后立即投入黑黝黝圆筒似的南洛厄尔之夜葡萄架、藤蔓和卷须遍布的马萨诸塞大街。

春天的气息钻进了我的鼻孔，进入了我轻松的大脑——火车呼啸着爬上了地平线。她低下头来对着我说——“这么说你真不想和我这样的人交往——你可以这么想，可是我觉得……这样不会有……什么结果……”我并不相信她的话，还是到处游荡再找几个来亲热。由于我对生与死的看法是难以置信地严酷无情，因此玛吉认为我就是一个思想迷惘的傻子，努力要记住自己想要说的话。我在组织我的思想的时候有三件事情要做，不倒翁摇呀摇的最后又都站稳了，安全之门慢慢地开呀开呀，慢得整整过去了一辈子光阴——除了发现她现在已经不再爱我之外，我还总是思来想去我到底要不要去看看她。她倒好，坐在那里无所事事，一点也不在乎。

我迎着充满芳香的和煦的风也在做这样的思考。我双手插在口袋里，步履艰难、漫无目标地行走。几年之后在夜晚我又同样疲惫地走在芝加哥的街头。同样，你看见斜着身子走路的人顶着暴风雪上班下班，上战场，进出妓院——

而这座城市一切都像往常一样地继续着——只不过这座城市就像我一样，始终在发生变化——尽管在艾克尔区①的山上，在帕蒂·麦克吉莉克蒂街上，夕照中的懊恼每一回都是完全相同的——纺织厂悲惨的红烟囱隐藏着某种永恒的东西，啊，一个谷地的伟大文明，帝国的一排排参天烟突②。洛厄尔王国以此地为边界，外边还有梅休因③，并由梅休因政党会议上的乡巴佬掌握着——还不止是梅休因。

“你并不爱我，”她说道，一面让我亲吻她的脖子。行啊，我什

---

① 艾克尔区原文为 the Acre（意即“英亩”）。十九世纪初洛厄尔中心城区人口稠密，为了要建造圣帕特里克天主教堂（St. Patrick Church），就在中心城区的外面划出了一英亩地；另有一说认为是为了给贫穷的爱尔兰移民建立落脚之地而开发的。不管怎么解说，“英亩”这个叫法就沿袭下来了，而且范围不断扩大，人口也越来越多，终于成了洛厄尔市八个区之一。

② 洛厄尔是所谓美国“工业革命”的摇篮，是十九世纪二十年代美国纺织业的中心。

③ Methuen，马萨诸塞州艾塞克斯县一城市，位于洛厄尔市之北。

么也没说。我有许多木屑要整理，塞到我可怜的丘比娃娃里去。有时候，就像我姐姐过去小的时候常常会假装一样，在玛吉说一些怪话的时候我会假装睡着。我不知道该怎么办。

三四

一天晚上——不知怎么我心里涌起难以相信的悲伤——追逐她胳臂和两片嘴唇的香味和红艳——我们有一个约会，是在电话里约定的。许多个星期以来我觉得要跟她约会越来越难了，她已经有了一个新的热恋的对象——罗杰·卢梭过去是洛厄尔黄昏联赛金球队里的游击手，而同时，他那个令人难以置信的父亲，挺着大肚子，戴一副眼镜在他的旁边充当三垒，俯下身子而不必蹲下来就可以灵巧地捞起地滚球——他们住在乡下，可能还是洛厄尔王国富有的巨头，他们家的苹果园石墙上装有中世纪风格的护墙——有一个奶牛场——布拉德华斯，他无微不至地关心，也很接近我，风度翩翩，热情真诚，举止文雅，曾经满足了她野兔三月交尾期似的疯狂需要——而现在我们得对付五月的流氓。

罗杰·卢梭来得越来越多了。她越加不想见我，所以我看不到他也来插上一脚——她家后院装了一架秋千，她和罗杰在秋千上坐，我从来没有跟她一起坐过——她的小妹们用不一样的眼光看我；她母亲眼神更加痛苦；老头子只知道上班干活，根本不知道我是什么人。贝茜·琼斯现在也老见不到人。棒球赛季到了：在这个赛季里我交上了新朋友，那就是投手奥尔·拉尔森，因为他就住在贝茜家那条马路，屋子的墙上有木窗，离她家摇摇晃晃的晾衣架只有一箭之地，他们常站在一片浅绿色的嫩草上，隔着连汤姆·索耶[①]也没来得及刷上石灰的篱笆闲聊……“真是的，玛吉对杰克有点冷淡——”

“是吗?”拉尔森六英尺四的个子，金黄的头发，对玛吉有点意思，但是在她家那个地段漫长黑暗的传说里，他总是笑话她，他从来都没有认真对待过——那毕竟是玛吉伤心的事，她喜欢他——他是个讨人喜欢的人——“哦，让他跟我一起把精力集中在棒球上吧，今年我们有一支很棒的球队。”他对我们俩很信任——真心尊重我们之间的友谊——“你得学会击中那个曲线球——”

洛厄尔中学练球的第一天，我和弗雷迪·奥希金斯深入左侧跑，在拉斯蒂·怀特伍德教练投出一个大腾空球的时候，弗雷迪不准备接，但是我要让人知道我可以接住，那是给奥尔看的，他就站在教练的身旁在说我的情况，谈的是一般的话题，在棒球队里人们对我一无所知，我跑过松软的新草皮，歪着身子跑到奥希金斯自己(在我的中场)左场的后面远远站定，轻轻地敲打地面直至那个球从高高的空中慢慢落下，在我头顶划出一道落地弧线——我伸出反手手套接住球跑离本垒板……我接球的时候差一点跌倒，球接住了掖在肚子上，奥希金斯说不上我刚才在他后面做了什么动作，我听见拉尔森朝着大腾空球“哇!”了一声——接得好，跳得好——但是我在本垒板上老是接不住那些曲线球。奥尔投球给击球员，他总是确保我能接住高难球低平球，这样我就可以朝左边跑——曲线球

① 马克·吐温长篇小说《汤姆·索耶历险记》主人公，他因淘气、逃学被罚粉刷篱笆，但常施巧计找人顶替。

来了我只会让它扑通一声悄悄落地，动作笨拙——飞来的快球经我的手会变成反方向的新的快球，拉棒击球并且飞得高高的——有时候我会击中大家都说的四百二十英尺标志线，我们在有围网的场地里比赛的时候，在击球练习中，我的本垒打往往都飞出围栏，但在真正的比赛中没有过这种情形，严肃认真的投球，沉思的投手，嘲讽的接手，狡猾旋转的球，都在场内——“你已经出局了!”我随着球棒呆滞地蹲下来，我的手腕也被拉得脱臼了。

我和拉尔森成了好朋友——我替他接球——我们准备让玛吉的希望落空。“让她希望落空！叫她去发愁！叫她打电话来找你！对她别在意——别理睬她——你有棒球可以玩，老弟！这样她又会来找你了!”奥尔给我出主意。昏昏沉沉的四月天的午后，第三节下课铃响了，抓起手套和钉鞋急忙往外跑到谢德公园去；也真叫人伤心，因为那里离南洛厄尔区那样近，我从洛厄尔高级中学户外田径场煤屑跑道边的树林极目远眺，在最后的网球场边，在令人伤心的白桦林里，看得见洛厄尔玛吉家那个地段的第一排屋顶——夜晚，在晚餐之后，我会沿河岸走去——所有这一切她都厌倦了。最后在我们约会的那个夜晚，是她自己说出来的，说完就走开，到了铁路桥旁边的林子里——在诱人的沙地上——去跟罗杰·卢梭说话。

我忍受不了这一切，我的心碎了。

三五

“你真是个胆小鬼，”我心里说，“这是个你喜爱的姑娘，是一九二七年还是一九二八年，你五六岁的时候，在基思剧院合唱队里看见的，你喜欢上了她的大腿，她的乌溜溜的眼睛——金光闪闪的天使，是上帝从他们的翅膀上扔下来给你的——玛吉——击中了脑壳，别让她对你说那种无礼的话。”可是——“只有她——”

“别把它放在心上！”我父亲说道，他正要外出到城外上班，又是一个忘我之夜……七年以后他就去世了……太阳光再也不会照到他的鼻梁上了——“你还年轻不懂这些事。找一点别的有意思的事做做！”我们站在穆迪街上等公共汽车，出城前我们还去看了电影，是在梅里马克广场，很久以前漆黑一团的雨夜，但是现在我们看了当今的新电影大片——“这影片也不怎么样，”我父亲说道，是非常瞧不起的口吻。“他们都是在敷衍了事，你知道——哦除了这个以外，小子，也不要太后悔。你犯点儿错整天为这事犯愁，结果大伤元气。就你一个人发愁！哦，我知道 cette maudite vie ennuyante est impossible（这种该死的无聊生活真是讨厌）。”“我知道！我们有什么办法？干脆说吧，我整天只想着除了黑暗和死亡，世上什么都没有，不过我敢打赌我还是得为妻子孩子忙碌——行了——他们也只能这样，也好不了！”他捏了一下我的胳臂，我看到他嘴唇伤心地撇了一下，宽大的涨红的脸上长着一对坦诚严肃的蓝眼睛，张大嘴巴喘气大声咳嗽得咧嘴大笑，然后弯下腰来——因为最终蒂·让也只得认命——我站在那里心里明白。“我什么法子也没有——啊，现在田径赛结束了，棒球是不是成了你的主要运动项目？哎呀——我不能到这里来看了，妈的。唉，”一声疲惫的叹息，“总会有妈的什么事要发生妈的又不怎么——”

“哪儿？”

又是一声叹息：“我不知道。……也许我觉得今年比往年亲近一点——我不知道——。不光是看电影——旅游，谈话——我们也没有多少——从来没有——啊他妈的真伤心，儿子，没法子帮助你，但是你是明白的对吧，也真是老天安排的，我们无依无靠是好是坏都得自己来——啊？所以——你说在哪儿。”又是一声叹息。“我不知道。”——“Pauvre 蒂·让，我们有难处，唔？”他不停地摇头。

三六

五月的一个黄昏，六点三十分，天还没有暗下来，天色还可以亮一阵子，我坐在 G. J. 家后面的公园斜坡上，斯科蒂和我们在一块儿扔着小石头——瞄准五月的花瓣——我对玛吉的爱，我想着她的时候心烦意乱的感觉，已经在我嗡嗡作响的脑袋里变成了强烈而持续不断的悲伤。现实生活中继续上学，我却梦想，想入非非，心中痴迷，而现在户外是炎热的春天的早晨，实际上已经是夏天，已经无学可上，我也从洛厄尔中学毕业。

在波士顿花园冬季田径运动会的海滨接力赛中，我与洛厄尔的吉米·斯宾德洛斯和圣约翰预科等学校的人奋力对抗；他们管斯宾德洛斯叫头头，一个大鹰钩鼻，在老式的橄榄球赛灰蒙蒙的气氛中，腋下夹着头盔，俨然是洛厄尔队的队长——高高的个子，是他们所有人的希腊人卫士，后来在硫磺岛战役中阵亡。在波士顿花园的软木跑道上，我穿着小钉鞋，同样是在发令枪打响的同时飞速起跑，绕过我自己的白色跑道搭着围栏的弯头，速度就像我跑三十码短跑那样快，然后在弯道跑进他们（三个大学生运动员）的内跑道，可能是犯规的，在我的后面我听见他们抓我的脖子，但是我跑得飞快正准备侧身跑向远弯道，呼啸着绕过去，钉鞋下的软木屑飞在他们身上，我跑离护板，把手中的接力棒递给米基·马奎尔，他很了解我跟玛吉的恋爱关系，还和我跟卡扎拉基斯在波士顿欢乐之夜一起外出吃汉堡聊天，我们议论大家目前的女朋友和目前的问题，忍受着一九三九年那个城市刺眼的霓虹灯，大嚼波士顿北站附近希腊人路边小吃，那里可以买到大块的肉糜糕，夹在面包里吃，我们还比赛谁吃得快——我从来没有跑过这么快，卡扎拉基斯接最后一棒，跑枪响后的最后一棒，最后一圈——一旦乔·莫里斯涨大脖子与那些运动员拼命，橄榄球似的屁股绕过支着围栏的弯道——呼哧！——跑过来了——卡扎拉基斯准备地很完美正好从他手中夺过接力棒，拉长他的长腰，突然让长腿跑起来，尽管个子不高，五英尺九，跑起来速度飞快，样子瘦小但是非常有力，他手握接力棒转过第一个弯道时显得有点跑得太过，然后转入正常，他那一动不动的腰部以下两条长腿呼呼地飞跑，你看不见他的两臂，只见他飞也似的超过大学生短跑运动员，抢在了他们的前面——我们获得了第一名——但是并非因为我第一棒超出了圣约翰的斯宾德洛斯，他在绕过最后一道弯时加速赶上了他的对手印第安头号勇士的选手，而且大步甩下我把接力棒递给了他的第二个人——我交接时出了差错，造成了接棒和飞跑之间的时间的丧失——米基·马奎尔不得已，只好在一开头就损失八码的情况下，吃力地启动发疯似的奔跑——卡扎他们三个人抢回了损失的时间——这个失败一定就是玛吉给我造成的失败——我曾经达到过恋爱的顶峰，只有一两个夜晚的巨大成功——什么时候？是三月的一个夜晚在暖气片的旁边，她对着我明明白白地呼吸急促开始喘气，这一下轮到我做一个真正的男人——可是我不知道怎么办，我的愚笨而被世事困扰的头脑里，一点都不知道那天夜里她要得到我；一点都不懂她要的是什么。

她的双臂紧紧地抱着我，她的双唇在我的脸上游弋，一边咬一边吐出唾沫，她的下腹部使劲顶着我，满怀着激情、爱情、愉悦的欢快心情，疯狂之风随着三月一起躁动不安渗透她的全身，渗透我的全身，我们都准备与春天来一个富有成效的结合——从而回到无处不在的现实中做一对夫妻——在我脑海里甚至已经浮现了铁道边开着窗户的小红屋——我们俩的——在空气和煦的春夜，在马萨诸塞大街一排昏黄的路灯下，在泥泞道路上，那时我知道整个洛厄尔城的小伙子们都在追逐装载了兴奋的卡车，少妇们则在干草大车边上晃荡着胸脯嬉笑，整个美国之夜都在地平线上浮动。

我与 G. J. 坐在公园的草地上，我在冥思苦想我的未来。

在一个巨大的洞穴里面，生活是美好的。

“我要过去看看玛吉。”我对古斯说——我站在大树底下，目光穿过里弗赛德街对面的一片旷野，望着远处洛厄尔——在迎风摇曳的野草那边，我们可以看到在两英里之外，基督山[①]的屋顶在阳光下闪烁，那片王国比先前更美丽了，小波塔基维尔山上，我的巴格达阿拉伯农家的屋顶，在我眼里已经变成了玫瑰色——我就是那亲爱的少年——我口衔一片草叶，晚饭后躺在草地上，看见——任凭

---

① Christian Hill，梅里马克河北岸一居住区，十九世纪末和二十世纪初开发。“基督”在此处与宗教信仰无关，因山上有饮用水库而著称。

晚风把头顶的树叶吹得沙沙作响，在家乡，patria[①]，出生地。我不知道将来某一天我们的王国是否会被更大的王国所侵吞，不知不觉之间，就像高速公路穿过垃圾场一样。

“别为她烦心，扎格，”G. J. 说道，“我不会被女人弄得晕头转向的，就让她们一个个去跳河吧——我的生活理想就是要想办法争取安宁。我看呐，我就是一个希腊哲学家圣贤之类的人，扎格，不过我说话是认真的，妈的——玛吉只会给你带来没完没了的麻烦，假如你说的都是真的话——她只不过是在气你恼你，你这个大傻瓜——我们大家都知道，虱子，他和波琳都跟我说过，那天我正好从洛厄尔商务学院急急忙忙回家，当时他们在中央大道和梅里马克街的拐角，波琳正好去马路对面的克莱斯奇公司买了一条裙子，我也是应该帮帮他们的，不过不管怎么说——帮他们——哎呀，真是的!”

他侧过身来一本正经地撑着一只手——虱子看准了一片晚风中的草叶悄悄地吐了一口唾液，但是一动也没动——但是他拿草叶在牙齿间撕的时候竖起晃动的草茎，就像暮色浓重时一个人在削木棒，就像一个人把他的小刀在木柄上合拢，你在暮色中听到了那声音——我觉得 G. J. 想错了，我比他清楚。我在心里对自己说，“哦，G. J. 他不知道——我的家庭——我是个什么样的人——他看不清楚，尽管她的做法那么卑鄙，而我放弃波琳·科尔就是要——他根本不知道自己在说什么，妈的，G. J. 。”我老妈老爸常叫我别跟 G. J. 一起瞎混。不知为什么他们都有一点怕他，“Y‘e mauva (他人很坏)”。

---

① 拉丁文，故乡，故土。

“他很坏是什么意思？——他跟我们这一帮子人都一样——他没事的——”

“Non。我们对他和他的不道德行为都很清楚——他在角落里老是在说这些事——你老爸听见的——他跟那些小女孩做的事——”

“他没有什么小女孩！”

“他确实有的！他说他找到了一个十四岁的小女孩——他到处说那些肮脏的话，你干吗要跟他在一起瞎混！”

“G. J. 并不了解我的情况，”我经过一番思考觉得，“我的——什么我都得忍着，都得学会观察——而且玛吉爱我。”

我凝视色彩柔和的天空，月亮出来了，镶嵌在淡蓝的空中，玛吉是爱我的，我深信不疑。

“那就不要相信我，”耗子说道，“为了要得到你的一分钱，她们会绞尽脑汁对你花言巧语，扎格——别担心，我了解女人，我看透了我自己家的那些七大姑八大姨的琐事和洛厄尔这个地区有身份的希腊人中的激烈争吵——这些事你半点都不懂，扎格。”他啐了一口——不像虱子是因为黄昏的寂静的缘故，他是要发泄，咄。——“她们可以把她们的破烂纺织厂都吵垮，倒在河边的废料堆里，为了一丁点儿的事撅起她们的屁股，扎格——我要离开这个洛厄尔，”他用大拇指朝那边指了指，“也许你不会，但我是一定要走的，”——他望着我，那两只圆睁的眼睛充满了义愤和报复情绪——G. J. 他懂事长大了。

“行，耗子。”

“你现在要到哪里去？”

“我去找玛吉。”

他只是挥了挥手。“扎格，给她一点甜头。”

我得意地笑了一笑然后就走了。我看见 G. J. 挥动摊开的手——向我道别——祝愿。

我一路漫游，穿过整个洛厄尔城，沿着洛厄尔的交通主动脉，即穆迪街现在的纺织大道，跨着大步，脚下啪嗒啪嗒地响，去寻找我的苦恼。“G. J. 显然是错了。”

夜，夜。由于我等不及公共汽车，我就步行一分钟走到前面的卡尼广场，跳上驶往南洛厄尔的一路轰隆隆直响的公共汽车，大个子司机一路上哗啦啦地卸客，他们大多是到最后几条马路下车，现在只好哐当哐当开出城外，穿过碎石路面，工地手推车，郊区马路底下遭损坏的污水管道，一路飞奔绕开路面上的坑坑洼洼，避开电线柱子和路边的篱笆，开往城外的停车棚，不过现在已经重新装修变成了漂亮的车库——他看了一眼手表，他的时刻表，他对于时间的极大关注正与我相合，这时我在马萨诸塞街跳下公共汽车，正好在地下通道口，下车后我就跨着急促的小步，而他轰隆隆地继续赶他的路，红通通的车灯一路闪耀——而孤独的步行的人，被四周的空旷所笼罩——我沿着康科德河岸快步走着，实际上我正好是在马路的中央走，穿过一座座小平房，屋后的果园，急弯的小河到小片的河岸，康科德河没有什么大话可说，不过此地到处都有橡树果——

玛吉没有站在马路的顶头，没有见到她的衣裙轻轻飘起，我们一块儿唱着《深紫色》[①] 这首歌，就像在冰封的星光下，我们都融

① “Deep Purple”（1933），彼得·德罗斯（Peter DeRose，1900—1963）作曲，米切尔·帕里希（Mitchell Parish，1900—1993）于 1938 年配词。

合在一起时的冬天寂寞的恋爱——现在轻松自如的夏天一脸炽热的星星，面对我们的冰冷的爱情也两眼模糊了——平整的大路上没有破车开过我们的身边——“杰基，”她说，“——，”没法子翻译的爱情的语言最好还是别说出来吧，假如你还记得起来的话——

“可是她现在根本没有站在那边的马路上，”我心里对自己说一边加快了步伐，我和 G. J. 谈论她的时候照亮我们的光线，现已在她躲起来的西边逐渐暗下去了——

“我觉得她是从篱笆的缺口走下去的，杰克，沿着那条小路走的——今天晚上小孩子都在游泳要么都在讨论游泳。”这是玛吉的小妹，一边说话一边腼腆地朝着我微笑；再过一年他们就会说她在和我恋爱，别人会这样说，不过现在她还是一个小姑娘，绕着电线柱子转，在跟詹米玩跳房子游戏。

三七

从那以后就只有一个问题，那就是落实我跟父母为我自己设定的人生目标，我跟我母亲一起到了纽约，去见了哥伦比亚大学的罗尔夫·菲尼，我原来的中学橄榄球队教练塔姆·基廷，对他在波士顿跑狗场的老朋友陆·利贝尔，即哥伦比亚大学的大教练陆·利贝尔，称赞过我的运动才能，或者推荐过我，所以他给我来过信，他们两人都是盛大狂热的赛狗之夜“专家委员会”的成员，一片漆黑中跑的是电兔子，附近是萨福克纯种马赛马场[1]，场内有巨大汽油

---

① Suffolk Downs，美国马萨诸塞州东波士顿一著名赛马场，建成于 1935 年。

罐，因为汽油罐太大，我一生中老是在赛狗场边，在海边看见它——我要在这所世界有名的大学里，在金色窗子的学生宿舍里抽着烟斗刻苦攻读。我非常地富有自尊，以至于当第二年的夏天，波士顿学院和后来的圣母学院的教练弗朗希斯·法伊想方设法要把我挖走的时候，我也没有改变主意，而是坚持要去纽约、哥伦比亚大学、霍勒斯·曼[①]预科学校的打算，尽管我可怜的父亲想要我去读波士顿学院，因为这样的话他最近在承担波士顿学院所有零碎印刷业务的一家印刷厂的新工作就稳当了，埃米尔·杜洛兹就可以再次赢得人心，成为体面人物——然而我跟我的妈妈坚决主张我读哥伦比亚大学——另外可以细说的是关于"橄榄球人才搜索"的故事，不过这与现在说的话题不相干——

罗尔夫·菲尼很客气地接待了我们，领着我们参观了他们的运动办公室，这些先生们的一张张面孔，对于我来说是似乎都是极其重要的，非常重要、非常丰富、非常漂亮，他们头发花白，表情严肃，仪表堂堂，衣冠楚楚，一脸富相，彬彬有礼。我在母亲回洛厄尔之前很自豪地带她来见识这一切。她来到纽约，目的是要跟她住在布鲁克林区的继母安排我的食宿问题，我在霍勒斯·曼预科学校上学期间就要住在这里，每天早晨就要乘地铁从红心布鲁克林一路前往百老汇和第242大街，乘上整整二十英里的地铁——不过我还是很乐意，因为你在十七岁的时候，而且你过去从来没有体验过城市生活，就会觉得地铁里的人都很有意思。我是一个的的确确心满意足的孩子，发现自己终于身处鳞次栉比的闪烁的大厦之中。霍勒

① Horace Mann（1796—1859），美国教育改革家。该学校创办于1887年。

斯·曼预科学校坐落在一个坚硬岩石的峭壁之上，在爬满常青藤的汤姆·布朗灰色花岗岩之间——后面是绿草茵茵的漂亮的运动场——一个爬满藤蔓的体操馆——你可以看到飘浮在印第安天空的布朗克斯区，永世长存的云朵，但是千万别告诉我这不是印第安天空。峭壁之下朝杨克斯城方向，则是辽阔的凡科特兰公园，那是美丽的十项全能运动员在灌木丛中、在绿荫底下，伸展他们洁白高贵的双腿的地方，是另一个洛厄尔王国里的新英雄主义的犹太人和意大利人。

由于对半夜抱着迷信的想法，我们睡在布鲁克林外婆家的第一夜我几个小时睡不着，要听听纽约的鬼入夜在屋子里的吱嘎声，隐隐约约听见了布鲁克林马路上的声响，就像恋人在城市夏夜，在浪漫的月光下相拥而笑的声音；这是一个全然不同的洛厄尔，在梅里马克广场和缅因州听到的是我所知道的鲁迪·瓦利[①]两片嘴唇之间的歌声，现在一切都扩散开来，进入了这个世界巨大的扩声喇叭里，歌声渐渐消逝，就像一个大理石球在通向黑暗的保龄球球道上滚向无尽的远方。

我躺在床上心里想，我将要成为纽约的大英雄，满面红光，牙齿洁白——一个自恋狂的后伊迪儿美国超级梦想优胜者、干劲十足的人、大亨的化身——雪白的领巾，宽大的轻便大衣，还有穿紧身胸衣的姑娘陪同，我绝非禁酒主义者而是来自时报广场（像小剧场）的新闻业坚定捍卫者，因为我在廉价的二级影片里看到过报纸

① Rudy Vallée（1901—1986），美国流行歌手，在没有麦克风的年代，他唱歌时使用富有特色的扩音喇叭，听众能看见喇叭里他的两片嘴唇。

悲剧主义者，在霓虹灯闪烁的曼哈顿之夜，在空气混浊的酒吧里，一边喝着啤酒一边交谈，他们压低帽檐，就像马克·布兰德尔[①]或者克莱伦·霍姆斯[②]书中的主人公，郁闷的酒吧，透过写着“酒吧烤餐馆”字样的玻璃窗，你可以看见黑色支架上的关于报纸所有人的巨型霓虹灯招牌——“雪茄嘴”曼，他是霍勒斯·曼之孙，激烈顽强狡猾的编辑，主流艺术家，丽都街耀眼的银幕，呼噜呼噜厉声尖叫的人物，那年冬天我一直是在玛吉和我逃过学的中学之间来来回回，不过现在我来到了纽约，十七岁，躺在布鲁克林的一张恐惧的床上，考虑真正的问题。喘着大气。“G·B·曼普拉姆，曼哈顿风范晚星报发行人，”航班带着血清一班一班到达，我气宇轩昂地坐在酒吧里，思索着我刚砸烂码头帮的情景，G. B. 将会提拔我（我看见 G. J. 抬起腿来，发出打嗝声，“行啊 J. D.[③]，这个工作就是你的了，呃，你那些近海石油可别叫我断档了，”——）于是我就起身朝我的豪华顶层公寓走去，讨厌宽大的轻便大衣，讨厌曼哈顿区大报酒会上的礼帽，然后换上夜礼服（即餐服，它的丝绒翻领光鲜如伦敦炉栅上的火焰，照亮我的餐服，使它在我富有的胸口呈现出美酒的琥珀色泽），再向我的夫人，懒洋洋地，问候了一声——

从她的阳台窗口，透过极薄的窗帘，你模模糊糊可以看见星夜

---

① Marc Brandel（1919—1994），英国小说家，英国早期科幻小说作家比尔斯福德（J. D. Beresford，1873—1947）之子。

② John Clellon Holmes（1926—1988），美国作家、诗人、教授，凯鲁亚克的亲密朋友之一，但两人有并非始终友好的竞争。他是小说《走吧》（*Go*）的作者。参见《在路上》（原稿本）导言（上海译文出版社，2012 年 6 月第 1 版）。

③ 即杰克·杜洛兹。

纽约的天空轮廓，雪利酒和鸡尾酒已经倒好，我们可以听见楼上格什温家的钢琴的弹奏声，以及我们家炉火的毕剥声。

啊，我们的炉火的毕剥声是多么地欢快——她的喉咙发出的声音是多么地美妙——我黑夜里躺在床上，喷出一圈圈白色的对话[①]，讲述我的镂金美梦——可爱的加伯利天使在我头上盘旋，听我的说话声。（屋子里有采自亚迪伦达克山的木柴，我的猎枪也在这里，杰克·伦敦早期小说里住公寓的富裕旧金山主人公，途经马萨诸塞州的洛厄尔，进入纽约通向圣劳伦斯河的河滩和冷松林的高架道路，布列塔尼渔民孩子在mer[②]之上用浸了海水的开裂的手搅乱了渔网，然后又得重新整理一遍——）我绕着房间参加大开眼界的赛跑，我瞠目结舌看到了云集的光源，听见我的兄弟树，在布鲁克林外面不再荒凉的地方，在布鲁克林八月的微风中与篱笆摩擦的声响。我的梦中还有一个妻子，难以置信地美丽，但不是玛吉，是另一个金发性感的完美的人，可爱的滚边领口，柔滑的皮肤，修长的双臂，抿着嘴——我脑海里出现了绚丽多姿的吉恩·梯尔内[③]——她那银铃般的声音，是吉蒂·凯伦[④]，是海伦·奥康奈尔[⑤]，是一个年轻美貌的美国姑娘，兴高采烈地投入你的怀抱——

第二天，不管怎样，也不管这些梦是否应该怀疑，我挽着母亲的胳臂漫步在霍勒斯·曼学校的校园草地上——体育场的露天座位，球门的门柱，英国哥特式建筑的屋顶，校长自家玫瑰花遍地的

---

① 连环漫画中人物对话都画在一个个圆圈里。
② 法文，大海。
③ Gene Tierney（1920—1988），美国影星，上世纪四十年代公认的美女之一。
④ Kitty Kallen（1922—　）美国流行歌星，上世纪四十年代出道。
⑤ Helen O'Connell（1920—1993），美国歌星、舞蹈演员。

石砌小楼——一个俯视别的世界的王国的军事要塞——我十七岁的时候就有了自己的打算，将来有一天，我要在另一个非洲的另一本地理上，画出另一个世界的地图，写下另一个世界的历史，另一个星球上的非洲、西班牙、辛劳、海岸、利剑——我所生活的世界我知之甚少。

这是一所招收年轻犹太人的富人学校，年龄从八岁一直到十六岁，总共八个年级，你可以看到他们现在跟他们的父母乘着豪华的高级客车来上学，他们的父母只是匆匆地看一眼学校。学校高高在上，一派和煦景象，非常漂亮。“啊，蒂·让，坐在这个小小的天堂里多棒！啊小子！这样才有意思！”我母亲明确地说道。“这样我们就有值得骄傲的东西了——在这个地方你要做一个真正的小男子汉，不是那些年老的普普通通的老师，也不是那种你父亲有一段时期在普洛维登斯①上的肮脏的旧学校，可他还老是说个没完，还要你也去上那种学校——non，上这个学校，上哥伦比亚，那才是正经事。”在我母亲的头脑里，她自己就生活在纽约，漫步在这个熙熙攘攘的大世界的五颜六色的灯影里，还有各种各样的电影院、河浜、大海、餐馆、拳击手杰克·登普赛、齐格菲尔德讽刺歌舞剧、布鲁克林的路德维希-鲍曼公司，以及纽约第五大街的大公司——在我还是一个小孩子的时候，她已经带我到纽约来看过地铁、科尼岛、洛克赛大剧院——我五岁的时候就睡过悲凉的地铁，埋在地下的人在黑夜的空气里浑身哆嗦。

我在霍勒斯·曼学校享有奖学金，可支付我的大部分学费；剩

---

① Providence，美国新英格兰地区罗得岛州首府。

下的就由我自己、我父亲、我母亲来负担；到了秋季，我帮了学校很多忙，在报纸上做了很多的宣传——另外还有十至十二名像我这样的学生——从各地中学来的“冒名顶替的运动员”——人人都像彪形大汉，我们把他们一个个都赢了，唯独输给布莱尔（0—6），这是一起轰动的丑闻——这些彪形大汉，他们也都有他们自己十六岁人生的爱、骚动和悲伤。

“现在你一切都安排停当了，”我们在干净漂亮的走廊里走着，我母亲这样说道，“我再替你去买一件漂亮的新外套，穿在身上走在这么漂亮的可爱地方，你自己也就显得帅气了！”我母亲暗暗地在心底里已经很肯定，将来我是要做保险公司的大经理的。就像我第一次忏悔的时候一样，我是预示纯洁未来的小天使。

三八

她回家去了，大家都写来一封封一本正经的信——为了让自己有一个上学的思想准备，我在外婆家的卧室里，摆放了从地下室里搬来的积满灰尘的旧书——我一本正经地在铺鹅卵石、还有木板围起来的小花坛的院子里坐定，有时候放上一杯饮料，例如姜味汽水，阅读从一个箱子里翻出来的凡·高传，《生活的渴望》，在午后仰望布鲁克林的高楼大厦：甜丝丝的煤灰的气味，以及底下像大咖啡壶里冒出的热气那样的别的气味——坐在秋千上——入夜大楼灯火通明——从深远的地层里传来远处火车的呼啸声——恐惧向我袭来——那并非空穴来风。

我开始进行橄榄球训练，不过有时候我也逃课，一个人到时报广场去看电影，花五分钱买一大杯奶昔，像棉花一样没有汽，你喝下的是液体的假象，就像纽约的味道——我手背在身后在哈林区走了很长的路，在九月喧闹的黄昏兴致勃勃地注视着一切，一点都不了解后来在我脑子里涌现的关于“哈林区”和黑人的可怕复杂的问题——我收到了G. J.，斯科蒂，虱子和维尼的来信——G. J. 写道：

> 大家都还是瞎混，不过，扎格，一想起你已经远离家乡，我就是觉得不习惯。有时候我走出亲子市场嘴上说，“哦，我看还是到杰克家去听920唱片吧，”然后我记起来你已经离家了。不过扎格，在一个方面，我很高兴你到纽约去了，因为这儿比撒哈拉大沙漠还要糟。我这样说的意思是这儿死气沉沉的。每天都是老花样。这儿是最最单调的地方。我打算今年再复读一年，或者说，假如我的主意没有变我就会。我老妈已经答应尽最大努力让我上大学，假如我想上的话。照现在的样子来看可能性极小，不过我作最乐观的打算吧。事情就这么一些，杰克，不过别忘了向你妈问好。[他以为我妈妈还跟我一起待在纽约。] 我祝你一切交好运。
>
> 你的好友
>
> 古斯

斯科蒂在他家褐色房子的厨房里，坐在炉子边他妈妈的圆桌前写信：“嗨，扎格老弟：哦，我要——”接着说起了他的工作——“所以说，假如我再这样下去或者事情再好一点——”然后说到了虱子，他的说法让我明白，自从玛吉在可爱的洛厄尔拒绝了我以来，许多事情都因此受到了影响，仿佛一个新的桶在朦胧中就要注满水，人人都要淹死在里面——

另外还有一件事，虱子已经不做机修工了，正在找机会当铸造工。他这人很古怪。他机修工本应该坚持当下去，可是，扎格，找工作这么怕羞的人你见过没有。今天早晨我得知钻石工具厂要一名电话工。我去了并且带上了虱子，而就在我们准备要去见老板的时候，是大办公室，你知道，虱子又不想干了，因为他生怕这个工作要做夜班，而他自己连怎么回事还没有搞清楚，扎格，于是我就装作需要一份工作的样子，山姆小子也跟在我后面进去，然后我们就填写了同样一张老的申请表格，可是比利时小子倒好，一句话也不说。我告诉你，杰克，他要找工作就得开口说话，而他要是还那样的话那他就没法救了。我要给他好好敲打敲打。好了，我要等着你的回信，杰克，我也还会给你写信，现在我们就说再见吧，现在快到星期四的两点钟了，大约再过十五个小时我就可以拿到 29.92 块钱，算是上几个星期的快活工钱。为你效力，斯科蒂，快回信。

伊迪儿，从他工作的康涅狄格州写信来："嗨，你呀，老弟！"——维尼信中写的就像他当场说话一样——

他想得出来的方式都用上了，我们完事之后她还要再来，扎格，请相信我，这辈子我从来没有见过这么骚的女人，简直是一只母兔，你是非常了解她的。B. G. 是她的名字首字母缩写，她就住我家隔壁，我不想把她的姓写在纸上，不过你知道我是在说谁。虱子和斯科蒂也真是不走运。唉，我看那就是人这一辈子注定的事。阿尔贝·劳颂仍旧是到了下午四点半钟就去交谊俱乐部，所以那个地方开门的时候他一定会到的，这个善良的比利时——［虱子一到夜里就来了精神，已经一本正经地开始打落袋了］。行了，你这个老克勒，这一回就写这么一些吧，快回信。希望你在那边的这些日子多多找些人，我的忠告就是“新鲜的人儿新鲜的味儿，那是没话说的。”

维尼

反面还有

又及：（一个很蹩脚而摆不上桌面的又及——
署名莎士比亚）
多多怜惜你下次要交往的姑娘。

三九

我非常兴奋地度过了橄榄球赛季，在充满傻气又有秋日金色耀眼的荣耀的球场上，欢乐的节日气氛此起彼伏——突然之间在十一月七日当我已经安定下来，已经经历过烦恼，磨合，幸福，面对我新的人生、新的伙伴、新的除夕夜我放声大笑的时候——当我在用作备忘录的小信封上写“吉尔斯基的任务”或者“花园城市防卫”（对于对抗球队的研究）或者“五元实验室费”或者“在地铁里写数学公式”的时候——而且我还有大约五十个非常有意思的朋友，他们在总是有新鸟儿常来光顾的朝霞满天的早晨，从地铁出发，攀爬陡峭的山坡到达校园——voila[①]——啪——收到了玛吉的来信，信封的背面写着（字写得好，就像趴在地上的对方球员面前来了一个持球触地动作那样顶呱呱）：“玛吉·卡西迪，马萨诸塞州洛厄尔城马萨诸塞街四十一号”。

杰克，

我马上就告诉你是谁写的信，就是玛吉。那是怕你会把这封信撕掉。

我给你写信你一定会觉得很好笑。但是好笑不好笑无关主题。我写信是要问问你情况怎么样，喜欢不喜欢学校生活。不管怎么说想知道那所学校的名字。

杰克，我对你做的这些事情你就不能原谅我吗。我看你在笑话我，不过我真的是认真说这个话的。

大约两个星期前，我在城里遇见你的妈妈和姐姐。我只是打了一个招呼，假如当时我们两个一起的话，我就会停下来说个话，但是我觉得难为情，即使她们问我是否给你写过信，我也不知道怎么回答。

杰克，我们就不能和好吗？我做了那些事已经很懊

① 法文，瞧这儿。

悔了。

我也不知道事情是怎么了，不过有几个你认识的人，一知道我们两个闹翻了，就一直想跟我约会，比如切特·雷夫，还有几个我真不想在这里提起。我喜欢切特，但是不想跟他出去约会。他拗不过我就把你的地址告诉我了。布拉德华斯也在问起你。

就这样吧，杰克，假如你不回信我就会知道你不能原谅我。

玛吉

自习课的时候，还在想问题，但是一边想一边看着我们球队中锋亨克·吉德雷的滑稽的面孔，我就把信递给他看，让他知道我有女朋友，他说他没有。他在信封上写道："真不是东西！你是个叫人伤心的人，简直就是个卡萨诺瓦①。"

没过多久我给坞吉回了信。

四〇

我邀请她来参加我们班级的春天舞会。事先我们通了几封信，并且我也了解了他们准备盛大舞会的详细情况。

十一月里我回了一趟家，与两个鲁莽冲动的朋友一路搭车，

① Giacomo Girolamo Casanova（1725—1798），意大利威尼斯共和国冒险家，他的名字即"风流浪子"的代名词。

雷·奥尔姆斯台德和约翰·米勒；约翰·米勒，现在真名叫乔纳森，戴仿角质镜架的眼镜，一个大脑袋，纽约中央公园西侧球场上的英雄，他的姐姐钢琴弹得很好，用餐的时候他父亲说，“Mens sana in corpore sano（健康的心灵在于健康的身体）。”——这是一句说我自己的最自豪的名言之一，而且是听一个年长的律师说的——雷·奥尔姆斯台德就是美国爱情杂志所谓又高又帅的泰龙·彭布鲁克，他英俊，戴平顶帽，衔着烟斗——他们两个合不来，但是各自又都是我的朋友；我们在通向新英格兰的一条古老大路上失去了冒险的机会，我们激烈争吵走过了纽黑文市，然后朝伍斯特进发——早早起身搭车，走的是黑洞洞的道路，到了一连串地点的终点，吃了一顿火鸡大餐。

黑夜。想起了后来发生的狂欢的情景，我的洛厄尔这帮人和纽约来的精明小伙子的厮打，比如虱子打碎了穆迪街的一扇大玻璃窗，说起因其实也没有什么事，就因为开心，奥尔姆斯台德和乔纳森·米勒这么撒野——换句话说我给我的那帮子人带来了霍勒斯·曼校园里的精英，然后我一脸的高兴劲，偷偷地溜出去，兴冲冲地在事先电话里约定的时刻，去见玛吉，我一见到她，控制不住情绪就别过脸去，她从一旁突然给了我热烈的吻，于是我们开始在地毯上拼命地亲吻，就像电影杂志照片上动作很大、激情勃发时的狂吻——非常认真，对着双唇拉丁式地久久凝视，偷偷地回头，窥探偏执狂的世界——可是玛吉流泪了，哭得将她的有一个小凹的下巴藏进我的脖子弯里，而我的头发都散落下来，就像一个粗野的法国人观察一个他要热爱终身的野性巴黎女人——我们就要尝到人生的真滋味。但是我们没有时间，这是一个令人兴奋的夜晚，每件事情的发生不光与你有关，而且因为与你有关而与大家也都有关！——我们精神焕发，饱含深情，渴望幸福，我怀着这样的爱注视着她，她也怀着这样的爱注视着我，在堪萨斯向日葵蓬勃生长的草原上，我看不到还有更加相配的恋人，那里云雀在斜阳中舞动的树枝上叫唤，而那个老流浪汉从包裹里掏出他装豆子的破罐，伛着脊背吃冷食。

我们爱着对方。

因此，那个夜晚，我们之间并没有不朽的经血的接触，我们含着泪非常理解对方。我到圣诞节再来看她——温馨甜蜜的时刻。

四一

我离开学校，归心似箭，在十二月二十一号回到家里——丢下许多事情没有完成，又有许多事情等着我去做。做礼拜的时候，我两眼注视着我的缅因州安娜姨妈在我第一次圣餐仪式上送给我的旧念珠——金十字架现在已经变得黯淡，但是非常漂亮，小小的受难雕像，那双拳头，那细小的肌肉——刻在上面的“犹太人之王拿撒勒的耶稣”字样，始终就像缄默者的标记——双脚钉在黄色小金属板上，在我手中拿着——我高高地抬起头来，望着教堂的屋顶，那是午后的礼拜仪式，一次盛大的中学教堂礼拜仪式，灰暗的圣女贞德教堂，前市长阿恰姆伯也在，神甫会提到他——我的旁边，在前排，坐着一个肤色如蜂蜜的姑娘，是波塔基维尔的黛安娜·德·卡斯蒂纳克，我幻想拉着她走进一间前厅，手脚并用和她一起呻吟，就在圣坛的后面，她下面什么都没有穿，我硬压在她身上，最后等到我真的得到了她并且事情完了的时候，她非常吃惊——美妙，滋润——礼拜仪式结束以后我将和所有别的人一起大步走出教堂，她就站在靠近门口的两排椅子之间，我就拿起她外套的衣袖轻轻吻一下，她说："你会长进的!"（我们以后的见面也约好了）——走出教堂门廊我没有走下洛厄尔现实中雨天阴暗的巷子的台阶，而是从楼座下去，于是我的脚撞上了厄尼·马洛的脑袋，他"噢"了一声，老妇人似的家伙，厨房就在后面，出水口，木板篱笆，布鲁克林的垃圾帮，我往上爬，似乎到了一片大海，大海美妙的景色隐现一抹紫红，清澈，明亮，我在沙滩上奔跑，黎明时分的浪涛高高掀起，我们的小船就在右手边等候，我作为一个普通水手出海航行已有两年，驶向荒凉幽灵般的北极——紫红色的云朵，滔天的大浪——我跳进去，恐惧地到处奔跑——浪尖上传来大炮的轰隆声——清晨以及新的大海。

"可是你别去惹怒玫瑰，"我圆睁着双眼注视的时候，圣母马利亚的美丽面容在说。

仿佛她从来没有走近过我，而只会走近女人和到了人生最后的四重奏的男人，而不是我这样的毛头小伙子。但是我祈祷。为我所有事情的成功。

一九三九年我已经进过纽约市中心的红砖饭店了，并且找了一个红头发的大龄姑娘，一个职业妓女，有了第一次性行为——事后我就跟学校里的所有入迷的人一样到处说，我躺在床上喘着粗气等着，她从过道里啪嗒啪嗒走来，我等着她的到来，心怦怦地跳，门开了，这个身材妖娆的好莱坞美女，挺着她的巨大乳房走进房间——我吓坏了——我还把这件事跟玛吉说过，不过不是直截了当说的，采取她能理解的方式在信里边暗示过——她也像我一样惊呆了。

所以我做礼拜的时候担心自己的罪过、梅毒、我心中和梦中的姑娘——从学校回家——头发梳得光亮，身穿一件大衣，夏凡尔小姐礼貌地向我点头的时候，我也礼貌地点头，我正在成长为洛厄尔的一个成年男人……过去在纽约有过社交活动，生畏的新闻，以及成功的可能——想象的敌人，别的倒没有——

除夕夜玛吉要我把“对纽约姑娘做过的事”也对她再来一遍——

“哦，玛吉，我可不能对你这样！”我说，心里想对她这样做是太可耻的大城市恶习，但是还没有意识到，听了这个馊主意我的两个胳臂已经不听使唤了。而玛吉也吓坏了，心里想，她“真不该说这样的话”！——我们就站在阳台上，在一九四〇年一月一号的冬天的严寒里——这个想法已经在我脑海里出现过许多回了，即使我要跟玛吉结婚最好也要再等一等。

回到家里我对母亲说，我爱她，想跟她结婚；回纽约的日子越来越近了，不能再在寒冷的人行道上走三英里路到玛吉家去——我得回到我的书本上去，回到我的朋友那里去，回到人人身上都有的对大都会的巨大兴趣——想到这里我就要哭。

“行了，蒂·让——我知道你爱她——你得完成学业，为你的前途作打算——她要是爱你就会帮助你——要是她不来帮助你，那就说明她不爱你。这道理你明白吗？你的学业最终是最重要的——到了那个时候她什么都会明白的。把我的话告诉她——我不会干涉你们的事情的——假如你不想告诉她，那你就用不着说——不过你尽可以放松一点——做事不可匆匆忙忙，如今的姑娘会制造各种各样的麻烦——玛吉姑娘似乎还可以——去吧——去看看她，跟她道个别——跟她安排一下，照你说的到纽约去参加你们的班级舞会……”

我父亲那时候已经走了。

我见到了玛吉，跟她道别，我们含着眼泪你看着我我看着你，而她被赋予了新女性的目光，比她自己的双眼更加地深沉，并透过她自己的双眼，让我感到惊讶，让我觉得仿佛我已经踏上了生命之轮[①]。

四二

一切都非常理想；我拿到了请柬。是镀金的大卡片，请柬顶端镀铬，就像克莱斯勒大厦[②]。我给玛吉寄去一张。

到了最后一刻，她给我写来一封信：“杰克，啊，我想星期五或者说这个周末，我一定会过得非常愉快。你来接我之前先打个电话到我姨妈家来，这样我肯定都准备好了。顺便告诉你一声，我准备穿粉红的礼服加上蓝色的装饰品。跟你说吧，假如你能替我买到腕饰，那就买一个，假如买不到那就算了。”（没有署名。）

---

① 生命之轮（原文为 the wheel of nature；《钦定圣经》译作 the course of nature，即生命之路）：“而舌头即是火。舌头是我们身体器官中的罪恶世界，玷污了整个身体，纵火生命之轮，这是地狱之火。”见《圣经·新约·雅各书》第 3 章第 6 节。

② Chrysler Building，纽约市一座艺术装饰风格的摩天大楼，位于曼哈顿东部第 42 大街和列克星敦大道（Lexington Avenue）的交叉口，高 1 046 英尺（319 米），77 层，1930 年完工。

啊，看到她信封上的笔迹就感觉太悲哀了。在我黑色的书本上积的灰尘里，我看到了死亡之月。“哇，”我心里对自己说，“我真的想要一个女人吗？——”我很难受，“摧毁我的——”

四三

玛吉穿着一件玫瑰红的礼服，从可爱的洛厄尔来到枯燥乏味的纽约。

漂浮着死尸的哈德孙河[①]绕着美国黑暗纽约的闪光岛流淌，我们则乘在出租车上，穿过中央公园朝四月班级舞会驶去。准备工作，发生的事情，没完没了——她是跟她的母亲一起来的，住在她姨妈家，舞会的当天夜里则住在乔纳森·米勒家豪华的公寓里，这些安排我早早地准备了，目的是尽量节约开支，而且这个想法可能是他先提出来的，因为在我和乔纳森虽短但又很深的友谊中，他指导了我的事务也影响了我的思想。

我们乘坐出租车驶过市中心——我穿戴整齐，白色的燕尾服，白色的领结。那一年冬天吉恩·麦克斯托尔的舅舅，一个伦敦高消费人士，山姆·弗里德曼说：“这就是你的家，杰克，”——从他的衣橱里取出一套衣服递给我，他的外甥吉恩在一旁笑道，“春季班级舞会你得穿上这套衣服。拿着。这是你的。穿上。”他还递给我别的东西——为了在舞会上仪表更加英俊，我到宾夕法尼亚饭店做了一次紫外线灯照射，把皮肤变成红褐色，并刮了胡子，大约花了

① 纽约哈德孙河两岸曾一度工厂林立，垃圾和工业废料直接倾倒入河道。

两块钱，我要像加里·格兰特[①]那样走进理发店，脚下笃笃地响，脑袋挺直，彬彬有礼，见多识广，让人把我领到一把理发椅上，嘴上说着打趣的话——或者脸带充分的安全感——其实是在空空如也的镜子之间的一段孤独的路，沿途尽是一个个理发椅的椅背，每一把椅子旁边目不斜视立正的理发师，手腕上搭着一条毛巾等候客人，我并没有选择理发师，于是被一个无名之辈拉住，坐上了我的椅。紫外线灯火辣辣地照射，结果我的脸红得像龙虾就去出席舞会。

玛吉穿上了她最好的衣裙——一件粉红的礼服。头上插一朵小玫瑰——她那月光下爱尔兰魔法式的魅力，在曼哈顿突然变得与之格格不入，就像把爱尔兰放到了传说中的岛屿亚特兰蒂斯世界里去了——我在她的双眼里看到的是她家马萨诸塞街的树木。整个一周日子里就因为 G. J. 在信中开玩笑道，“M. C. 圆滚滚的屁股坐在我的手上，我现在感觉还是热乎乎的。”——这句话使她变得如此宝贵，我真想要她坐在我希望之手上——我紧紧抱着她；突然觉得在这辆穿过灯红酒绿的曼哈顿街区的大出租车里要保护好她。

“喂，玛吉，”在她一路风尘仆仆从洛厄尔来到纽约，并且一切准备就绪之后，我说道，“瞧，这就是——纽约。”我们旁边坐着的是乔纳森，面对眼前的摩天大楼他也陷入了沉思，十七岁的人对于知识的渴望促使他们踌躇满志，而对于我来说，由于他的加入一切都难以置信地令人向往——

“唔——到了这里也不觉得怎么样——挺漂亮的，”玛吉说

① Cary Grant（1904—1986），美国电影明星，主演过《寂寞芳心》、《西北偏北》等。

道——她噘着嘴——我俯身想亲她一下但又止住了，觉得自己今天晚上如此得意地要安排好玛吉的隆重接待，因此不可以只是亲一下就完事了——我们两个人在社交方面的担忧差距很大，心里面在想着别的事情，比如想要退出来就此缓解堵在胸口的痛苦感觉——跟我们的可爱的河畔之夜的感觉不同——跟相爱不一样——而是那些琐细偏执的好奇如麻烦的礼服、晚装、我匆忙去买的腕饰——价目标签，炫耀的装饰——只会让你叹息——简而言之，我们今天晚上注定是没有好结果的，我根本不知道是为什么。

她的可爱的肩膀上有雀斑，我一个个都吻过——只要我办得到。可是我的脸做过紫外线灯照射了，所以我肌肉老是不停地抽搐和出汗，所以我担心不知道玛吉看见了会怎么想。她忙于应付，没有注意到那些穿着华丽的富有人家姑娘的势利眼，她们可不是从铁道制动工的道旁旧屋子登上白天的火车车厢，还竭力争取到免费携带礼服盒子的方便，赶了二百五十英里的路来到这里的——她们是拿了溺爱子女的百万富翁老爸在她们面前挥动的五百块钱支票的，因为她们的老爸说，“到泰勒公司①或别的大公司去买些漂亮服装，给那些邀请你参加舞会的小伙子好好看看——”假如她们肩上有雀斑黑头，她们有化妆粉的魔力，有一盒盒的护肤品，有刚诞生的芳香的扑粉用来搽在身上，并且可以买到最好的用品——玛吉甚至根本不知道有这样的办法，有了也根本不知道怎么用，或者不知道怎么去了解这些用品。她们洁白的身影像天鹅一般围在她的身边，她

① 美国历史最早的专营时尚高档服饰的百货公司，即 L&T 公司，也称 LT，其总部和旗舰店坐落在纽约第五大道。

的茶色的双肩隐约可以见到去年夏天太阳晒的一抹粉红和爱尔兰雀斑，而在无价的项链和耳环的面前却黯然失色。她们雪白的手臂占尽优势，搽了粉，闪烁夺目；她未加修饰的手臂遭人白眼。

我偷偷地拉着她到了楼下的一个小酒吧，那是罕布什尔大楼①的地下室，乔纳森也跟我们在一起，一时间我们成了艾琳·邓恩②演的喜剧里的快活的人，占据了雅座，周围没有一个人，乔纳森自告奋勇调制饮料，我们有说有笑，我觉得我们是在装饰了护墙板、铺了奢华地毯的纽约室内，玛吉见没有人打扰，感觉好多了，她偎依在我身上——

乔纳森（穿着燕尾服，站在吧台里面）说，“行了，杰克，要不是有汤姆·科林斯，我恐怕要把你从我们常去的地方轰走了，我只要驱邪就行，我能做的就这个，别要求过高——”我很自豪地望着玛吉，让她明白这些大话。她将信将疑地看看四周。她的栀子花蔫了。我的脸上火辣辣的，尽管穿着洁白僵硬的衣领，但是我在楼上已经跟上百个人交谈过，觉得在我凑上鼻子尖，很有礼貌地听对方说话的时候，一阵烘热会把他的脸也映红——

“噢，天哪，乔纳森别卖关子了！”见约翰尽开玩笑说傻话，玛吉就朝他嚷嚷——最后我们待在地下室里被别人发现，一群群的人都下来了，于是我们又上楼去。场面真是令人眼花缭乱。打着洁白领结的一群年轻的一代，有花一样的姑娘的陪伴，在一座大厦里，

---

① Hampshire House，一座融合欧洲建筑风格和现代技术的 37 层大楼，1931 年建成，坐落于纽约中央公园，近第五大道、时报广场、林肯中心等繁华地段。

② Irene Dunne（1898—1990），美国著名影星和歌星，走红于上世纪三十年代至五十年代。

在一个大楼里，出席闹哄哄的舞会，一个集会——拥挤的一群——欢呼声雷动，发表演说，还有音乐。虚伪的招呼和令人生厌的祝贺和猜测得到的自负告别，从这些嗯嗯呀呀的声音中渗透出贪婪。翩翩起舞，喋喋不休的谈话，从窗口眺望中央公园和纽约的灯火——所有这一切都是那么可怕——我们迷惘——我们双手紧握，但是希望落空——只有恐惧——空虚的悔恨——现实生活中的一脸愁容的派对。

四四

“杰克，我们离开这里，我们走吧——”她想要到人少的酒吧里去，到舞厅里去，到没有人打搅的地方去——我想起了曼哈顿区格林尼治村的尼克酒吧——但是到市区、市郊以及纽约各处游览的欢乐车队都已经安排好了——她坐在屋子角落的一个沙发上，身体紧紧靠着我，差一点没有哭出声来——“啊，我讨厌这个地方——杰基，我们回家坐在阳台上——我还是喜欢你穿着溜冰鞋——喜欢你戴着有耳罩的帽子——什么都行就不喜欢这里——你的样子很不舒服——你的脸是怎么了？——我的打扮也很不舒服——什么都不舒服——我知道我不该来这个地方——我当时就想到了——事情总有点不对头——是我母亲要我来的。她劝我来的。她喜欢你，杰克。她说我找到了一个优秀的男朋友，可又不知道他优秀在哪里——真正要命——我就是要回家。杰基，”她一把抓住我的下巴，把我的脸扳过去对着她，她眯起漂亮的小眼睛撒娇地盯着我，这时候全不在乎周围的叫喊声、狂热的喧哗和枝形吊灯，“要是你还想跟我结婚，你千万千万别再带我到纽约这个鬼地方来——我受不了——这里我总觉得有我不喜欢的东西——哦，我们离开这里吧——让所有这些人去见鬼吧——”

“他们是我的朋友！”

“朋友？——哼——”她用蔑视的眼光看了我一眼，仿佛她过去从来没有见过我似的，而且是偷偷地看了一眼——“一帮没出息的花花公子——哪一天落难了，要饭要到他们家的后门，他们连一块面包皮也不会给你，我很明白，你也很清楚——朋友——现在算朋友——以后就跟你拜拜了，杰克——你还得靠自己，你会明白的——爬到山上下雨了他们也不会扔一件衣服给你披着。她不就是那个动不动就生气、鼻子翘得老高的人吗，领口开得这么低，要叫咱们大伙都看见她的乳房，不要脸的货色，她一定比我小妹茜茜和十七八个别的人还要不懂礼貌——”

“你说话别这么土里土气的，”我说。

“还说土里土气呢，你一点都不在乎。哎！我要离开这里。听见吗。带我去看滑稽歌舞。随便哪里都行。”

“可是舞会之后我们还要去乘车——大家伙都已经安排好了许多活动——”

“我喜欢听那个诺里斯弹钢琴——他差不多就是我喜欢的唯一的一个人——还有奥尔姆斯台德——我看还有轩尼诗，因为他是爱尔兰人，他这一点你不知道吧？哼：我也见识过了，你的闻名的纽约我看够了。你知道你在这儿能做什么。你会知道今后到哪儿来找我，老弟。家。温暖的家……”既傻又可爱，你的绝色美女暴露的肌肤加在一起也抵不上玛吉腋窝里的一小块肉，她们所有的明眸，钻石和饰品，都无法与玛吉的自然美貌相对抗。

“所有别的女人，随便哪一个我连看都没有看过一眼——”

“啊，说下去——整个晚上人人都跟你说起的那个贝蒂——你为什么不去跟她跳舞——她确实很漂亮——你会在纽约出名的——蹩脚货的天堂——”

“什么，你疯了吗——?”

“哦，你住嘴——哦，杰基，回家跟我一起过圣诞节吧——别管所有这些喧闹声——别管所有这些花哨不中用的大吹大擂——我至少手里还会拿一串念珠——提醒你别忘了——小片的雪花落在我们家可爱的屋顶上。干吗要这些落地玻璃窗？你要的是每天晚上下班以后我怀抱里的爱，你要曼哈顿的高楼大厦干什么——我胸口搽了粉会叫你更加开心起来吗？你需要看许许多多的电影吗？成百万的人去乘公共汽车，拥向车站——我是绝对不会让你离开家乡的——”丰满的双唇紧贴在我听不进去的耳朵上。“浓雾将会笼罩你的全身，杰基，你要在球场上干等——你会让我去死的——你不会来救我——我甚至不知道你的坟墓在哪里——也不会记得你是什么样的，不记得你的家，不记得你的一生——你死了也不知道我的脸怎么了——我的爱怎么了——我的青春怎么了——你就会像一只闯进火车头锅炉里寻找火光的飞蛾，把自己活活烧死——杰基——你就会死的——你会倒下——你会死的——你就糊里糊涂了——什么都忘了——倒下了——我也一样——那么这一切又算什么呢?”

“我不知道——”

“那就再回到河边我们家的阳台来，夜晚还有树木，你喜欢星星——我听见街角公共汽车的响声——你在街角跳下车来——不再有了，哥儿，不再有了——我看到了，看到了你的样子，猜到了你的想法，非常英俊，我的丈夫，得意洋洋，手里拿着提灯——影子——我听见了你的口哨声——歌声——你沿着马萨诸塞大街走的时候总是唱着歌——你以为我没有听到你在唱歌，或者以为我是哑巴——你不懂得泥土——在地上。杰基。洛厄尔的杰基·杜洛兹。回家吧，离开这里。”她在我的眼睛里看到了黑桃爱司；在她眼里我看到黑桃爱司在闪烁发光。“因为我永远不会到这个纽约来生活，所以你就得带我回家，我决心已定……你在这里一切都会不知所措，我看得出来——你本来就不应该离开家乡到这里来，我才不管谁说什么事业呀前途呀——这些对你都没有什么用处——你自己的双眼就可以看得清清楚楚——再看看这个城市，她的漂亮花哨的样子，我敢说她明明白白是疯了，因此他们得花成千上万的钞票替她找精神科医生——你可以做他们的兄弟——再见。——哼，”她最后说道，声音是从喉咙里发出来的，她的喉咙在颤抖，我吻她，想把她身上每一盎司神秘的肉吞噬，每一处高起的、凹下的，那是我的手指还从来没有体验过的，让人感觉如饥似渴的宝贵，她的双腿、她的肚子、她的胸口、她的黑发，都有一处不可言传的圣洁的地方，她并不了解这一点，是未被祝福、未被修饰、未曾注意的美丽。“他们任何时候都可以将我忘却，我已经做好了准备，”玛吉说道，“但是千万别让鸟儿在这个草窝里叫唤——”

从她的双眼里我看到了难以抑制的情绪，我要脱掉这件礼服，再也不想见到它了！

后来我姐姐说过，“玛吉有没有把她的头发梳起来，不遮在脸上？——还是梳着刘海？——她脸小——她有没有插玫瑰？插了花好看，她肤色过黑。”她有刘海——我的梅里马克的小刘海。

四五

长岛之夜，在珠光般晶莹闪烁的地方我们一路走着，在风中在雨里——星期日的夜晚——周末已经过完——乘车游览，鸡尾酒会，观看电影，计划好的活动，全都完成了，没有一点趣味——她的礼服早已经包好装回盒子里了——我局促不安地领着她走遍这个城市不为人所知的黑暗地方的时候，她一路上都噘着嘴——到她姨妈家去要经过一条马路边的一块空地—— 星期日夜晚的黑暗——微风吹起她的飘香的头发，轻拂我的嘴唇；我要低头亲吻她，但是她别过脸去，我在暗中寻找那失落的吻，却再也没有找到——到了姨妈家，只见姨妈已经准备好了一顿星期日大餐招待我们，招待卡西迪太太，她整个周末都待在家里，而且还放下架子——在厨房里打下手——去了一趟纽约无线电城[①]。

“听杰克说他肚子空空的。你累吗？——来吧，喝汤——”

“哦，孩子们玩得开心吗？”

玛吉说：“不开心！”

“玛吉！你就不能懂点规矩吗。”

我帮着她脱下外套；她里面穿了一件棉布裙子；见了她的苗条

① 纽约洛克菲勒中心的一部分，1932 年 12 月对外开放，这座室内剧院可容纳六千观众。

身段真让我想大声叫好。

“玛吉从来没有喜欢过波士顿或者任何别的地方，”卡西迪太太对我说，“别理睬她，她是个淘气鬼——她就喜欢穿她的旧套衫和旧鞋子坐在秋千上——像我——”

“我也一样卡西迪太太——假如我不用去玩橄榄球——”

“来吃吧！”

一大块烤牛排，土豆，芜菁甘蓝块根泥，肉汁——这位爱尔兰太太硬给我上了双份菜——

用完晚餐之后我伤心地坐在客厅里，离玛吉远远的，我看着她，颇有点困乏，而她们则在聊天——像在家里一样，晚餐，坐在客厅里睡眼蒙眬，玛吉两条可爱的腿——她的乌溜溜的眼睛轻蔑地看了我几眼——她说完了一席话——卡西迪太太发现我们在闹别扭——大老远的赶到纽约，一连串的打算，学校的盛大舞会，花儿，——一切都付之流水。

睡了一晚之后她们在星期一的早晨回家，玛吉又回到她家的阳台，她家小妹的身边，她的乡村小伙子从大路上过来拜访她，她家旁边的小河，她的夜晚——我则回到新的杂乱无章和纷扰之中——站在学校的走廊里，后来成了一名歌曲作者的密尔顿·布洛奇，介绍我认识了莱恩奈尔·斯麦特（在数学老师眼里是“疯狂的”斯麦特），他后来成了现代爵士乐时代我的最了不起的好朋友，名气响遍了伦敦，纽约，世界各地——“这位是杰克·杜洛兹，他认为麦格塞·斯巴涅有一支最棒的乐队，”莱恩奈尔红着脸，笑着说道，“了不起，老弟，了不起，”——一九四〇年——急忙赶往萨沃伊酒店，在人行道上与低音演奏者和疲惫冷漠的大眼皮男高音（莱斯特·杨）谈论美国之夜；校报文章，在派拉蒙剧院演奏的格兰·米勒，新鞋，毕业典礼的那天我躺在草地上读沃尔特·惠特曼的诗歌，我读的第一本海明威小说，在校园里听到的雷鸣般的掌声和毕业生代表的告别演说（我没有白色的裤子）——

纽约的春天，在第一个没有冰冻的夜晚，第三大道飘来的第一股木柴烟的味道——公园，恋爱，与姑娘一起散步，派头，令人兴奋的事——美国之夜，抒情美妙的突崖上的纽约，岩石上的苹果，五月第一周俯瞰波罗棒球场的科根峭壁，那影影绰绰的绿色，圣路易红雀棒球队的约翰尼·麦兹，一记长挥击出新的本垒打——比尔·吉尔斯基的妹妹米吉，穿着黑色丝裙，懒洋洋地待在顶层公寓里，她嘴唇抹得鲜红，十六岁女孩的眼圈，衣服胸口绣着颜色柔和的首字母——杜克唱片——深夜吃着汉堡包、带着女孩子飙车到耶鲁校园，兜遍了弗农山——弗兰克·西纳特拉披着宽松的衣服，非常富有魅力，与哈里·詹姆斯唱《徜徉在新加坡小街》，不仅十几岁的姑娘仰慕，而且听过阿提·肖在加利福尼亚幽静美妙的尤特里洛小街上吹出悲凉的黑管音乐的男孩子，都喜爱他——世界博览会，发自内心的悲凉的长号，送给天鹅般纯洁的人——飘着外国旗的展馆——快乐的俄罗斯——入侵法兰西，海外砰的一声巨响——坐在树下的法国教授——疯狂的马蒂·丘吉尔走下地铁，火车开动的时候他把一个人的帽子碰落在地板上，人们哈哈大笑！——我们在狭长的月台上飞奔——星期天的早晨在大卫·诺尔斯的公园大道公寓，醒来时打开软式百叶窗，我看到年轻的丈夫头戴霍姆堡毡帽，脚踩软鞋罩，领着穿戴漂亮的妻子，推着坐在婴儿车里的宝宝，走在金光闪烁的阳光下，美丽而不是悲凉——步行街的 crème de menthe，还有 vichyssoise，paté[①]，烛光，华丽的脖子——周日的午后在卡内基音乐厅。

第五大道
春日黄昏，
——一只小鸟

半夜里站在布鲁克林桥上聊天，从蒙特维迪亚开来的货运列车——狂野的一代人在演奏爵士乐的下等酒吧里跳着，戴着仿角质眼镜的天才人物们喝醉了酒——前面就是哥伦比亚大学——借用双筒望远镜的人在麦克·轩尼诗的卧室里遥望草地对面的巴纳德学院的女生——

玛吉失去了。

四六

那是三年以后，一个寒风刺骨的雪夜，洛厄尔火车站挤满了从波士顿来的乘夜班车的旅客，他们手里抓着《纪事日报》，拥向出租车和公共汽车。马路对面的车站餐馆生意红火，汉堡包在平底锅上发出肉汁嗞嗞的声响，有一张熟悉的蒙大拿面孔的柜台服务员，把一团鸡蛋牛奶面团摔到油光光的平底锅上，锅子立即嗞嗞地冒出一股热气，声音很响，这时，门吱呀一声响，从火车上下来的人推

① 此处法文意思分别为“薄荷甜酒”，“韭葱土豆汤，鱼肉馅饼”。

进门来填肚子。六点零五分或者零六分的客车刚刚离站，一趟货运列车在冬日黄昏的飞雪里隆隆地经过洛厄尔，足有一百节车厢长，列车末尾的守车还在近马萨诸塞街的南洛厄尔的康科德河大桥上——火车头正在通过洛厄尔市中心纺织厂和切尔姆斯福德街后面的圆木堆场、管子和油罐堆场，普林斯顿林荫道的场院隆隆滚动的车轮，仍在零零碎碎的雪堆里。在米德尔塞克斯街和铁道的上方，几个阴暗破败的门道里躲着几个暴风雪中的洛厄尔餐馆服务员。布兰格登餐馆生意清淡，阴暗地坐落在一个角落里，里面食客寥寥无几，面目黯然，是一家快餐店。后面是布兰格登汽车修理厂和停车场，晚上高峰时间的热闹已经差不多过去了。修理厂工人刚把一辆大卡车倒进车位，贴近隔墙，并且把最后一辆别克车挤到了靠近一排车子的车库最里面的位置，这样就没有留下多少空位置了。修理厂的工人只有一人，他拿着车钥匙走回来，手里还拿着铅笔和单子，两条粗壮的腿走得匆忙——差不多是跳着走。走到升降卷门的大门口他吹了一声口哨，看见大雪瑟瑟地落在巷子里；头顶上方一间公寓房灰暗的厨房窗口亮着昏暗的灯光——修理工可以听见小孩子的说话声；他走进一个有取暖大肚子炉子和卷盖式写字台的小办公室，把票板往放着报纸和香烟的桌子上一扔，一屁股坐到转椅上，然后转过椅子两只脚跷到桌子上搁着。他伸手拿起一大瓶啤酒用手敲开瓶盖。他喝得打嗝。他抓起电话。

他拨号。“喂，玛吉，是你吗？”

“是啊。杰克？又打电话来了？我还以为你跟我早就已经没有关系了——真不敢相信——”

“哎！得了！我现在就开车来接你——咱们到办公室来喝啤酒，

听无线电，跳跳舞——我会送你回家的——一辆大别克——”

“什么时候?”

“就现在!”

“听你说话好像你变了。”

“那是。三年大变样了嘛!”

“上一次我看到你——是在班级舞会之后——你还记得——大学生娃娃——”

“我现在可不是大学生娃娃。——下个月我要到海军去服役。”

“你很赶时髦!”

“只不过是商船队——”

“哦，你今非昔比了——不过我会来的——”

“玛吉还是老样子，”修理工杰克·杜洛兹心里想，一边估计了一下，“我过二十分钟准到。准备一下吧。这辆别克车我得立即开回来。就好像是偷车。我是丢下停车场没人看着呢——”

“行。我就好。”

“行宝贝，”J. D. 说道，“一会儿见，”挂了电话立即起身。他取了钥匙，走出办公室，锁了门，推了推——猛地拉下升降卷门，啪的一声锁上，大步一直朝车库里面走，到了别克车，坐进车里。

车门轻轻地响了一声。车门啪的一下又打开了，他跳出车子把车库里的灯关了几盏——此时他在黑暗中摸索着。然后慢慢地发动引擎，倒过车子，换挡，开到前面，车前灯闪亮了——把车库阴暗的地方全部照亮——他寻找香烟的时候胳膊肘猛然碰响了喇叭——他疑心地回头看了看，把车子调过头来，出了门，到了纷纷扬扬下着雪的巷子里——他没有戴帽子，就穿一件夹克——就在几个月前，他担任洛厄尔《太阳报》记者，也是外表凌乱，就像一个从可怕的监狱放出来，到了夜间满目的红砖房子之间的人，隐隐约约偷偷摸摸头脑纷乱神情紧张地四下里张望，到处都听得到想象中的嘈杂声，看得见人来车往，于是停住脚步看明白了再走——别克车非常缓慢地爬到了巷子口。雪越下越密。“方块杰克，”杰克唱道，“方块杰克，我要毁在你的手里，”故意唱走了音，就像他记得 G·J·里戈波洛斯在一九三九年的除夕夜唱的那样，当时他第一次遇到玛吉这姑娘，今晚深夜，他和她在车库里——“宝贝，”他说出声音来，“今夜我肯定要叫你明白——今夜不会像过去跟你一起的时候那样了——我终于要把你弄个明白了——跟你分手之后我也有过女人，到各处旅行，而且跑得很远——我可以跟你说的故事，会教你的小小马萨诸塞街在这个星球上相形见绌——说说铁道，我扔过的瓶子，女人替我买晚餐喝的杜松子酒，我在野外跟着老流浪汉听他们唱布鲁斯歌曲——还有弗吉尼亚的月夜——还有那里气候干燥的早晨的小鸟——往南，往西的铁道——我进去坐过的尘埃满地的屋子——还在里面睡过——早晨在办公桌上、在课桌上、在私人的卧室桌子上我经历过的事——在砾石路上我经历过的风流韵事——在公园地上摊开的报纸上——在喝醉了酒的志同道合者的沙发上——我在夜晚窗口单独经历过的歌舞——我读过的书，我接受的新哲学——索斯宾·维布伦[1]，亲爱的——舍伍德·安德森[2]，

---

① Thorstein Veblen（1857—1929），美国经济学家、社会学家。1899 年出版《有闲阶级论》（*The Theory of the Leisure Class*），无情抨击有钱阶级的商业价值观，因此遭到学术界的敌视，但也为他赢得经学家和著作家的牢固地位。

② Sherwood Anderson（1876—1941），美国小说家，美国文学现代文体风格开创者之一。代表作有短篇小说集《瓦恩斯堡镇》（*Winesburg，Ohio*），用印象派手法描写人物。

宝贝——还有一个他们叫他陀思妥耶夫斯基的人——还有我爬过的北极的山——所以今夜别把我随随便便打发了，我会处罚你，我会把你淹到河里去，我会让你——”他一面说着一面把车子从车库的车道开到米德尔塞克斯街，等了三辆车子才通过，现在抢在另外三辆车的前面，他向右急转弯，向前开过了铁道，非常惧怕地窥视着夜的黑洞，注意两边片刻间出现的火车头，过了火车站，饮食店，梅里马克饭店——在饭店里，他知道，别克车的主人雷诺在饭店的床上拥着他的女人睡觉，要到早晨才会出来，即使是今夜出来那也要很晚了——车子开到与米德尔塞克斯街相交的学院街陡峭的山的脚下，他大着胆子轻快向前，他深信他不需要防滑链也可以在厚厚的新雪里行驶——

车辆川流不息。他车子嘎嘎地爬坡，在环形中心广场停了片刻，左右观察，向右转弯，到了亭子摇摆木马出处，留出一点时间给从洛厄尔市中心方向来的车子，然后转弯沿着学院街一路向前，此时他信心十足地驾车，加大了速度，对面临的真实生活的危险非常关注。他向南行驶，沿途经过海军准将舞厅，经过基思学校，左手边是阴郁的大公园①，树枝上积雪与枝桠黑白分明，煞是好看，他一路向南，驶向南洛厄尔，驶向玛吉的家。

四七

可是房子没有变化。修理工伤心地注视着房子里的温暖的灯

---

① 即洛厄尔的南方公地。

火，坑坑洼洼的马路，昏暗的路灯，冬天阳台上的葡萄死藤，形状亲切而可爱，朦胧中仿佛靠阳台角落有一个沙发的影子，而在这阳台里，他很久以前曾经心醉神迷，别的小伙子陶醉在满月里而当时他正是年少无知时——

听见他的汽车喇叭声，玛吉从屋子里跑出来。他看不见她的脸部。她从路上绕过来走到车门旁。“你不想进屋见见我的爸妈吗？”

“不，不，上车吧——”

她探身进来，吓了一跳，抬不起脚来，只好手脚并用爬进来坐下。“啊，见到你了——你的模样不同了——”

“怎么不同？”他问道。

“你看上去瘦了点，不过你不再是个小孩了——你是个小孩，不过看上去……心肠有一点冷酷……”

“心肠冷酷！！啊！”

“有一点——我呢，有变化吗？”

他发动车子，很快瞥了一眼。“肯定——你是那种永远是同一个模样的女孩——善良——”

“你看都没有看我。”

他沿着马萨诸塞街开车，渴望做什么事，一边避开雪地里黑乎乎的泥坑。

“没有，我看你了。”

早晨两点钟在车库的深处，在别克车的深处，他们剧烈地扭动搏斗，姑娘的可爱之处被很厚的橡皮腰带遮掩了，小伙子接触不到，于是他使劲地拉扯腰带，已经醉醺醺的了，到了大门口才镇静下来。

她对着他笑，他砰的一声关上了门，关了灯，开车送她回家，又把车开回来，在融化的积雪泥浆里飞驰，心里难受，嘴上咒骂。

图书在版编目(CIP)数据

玛吉·卡西迪/(美)凯鲁亚克(Kerouac, J.)著;
金绍禹译. —上海:上海译文出版社,2014.5
(凯鲁亚克文集)
书名原文:Maggie Cassidy
ISBN 978-7-5327-6494-5

Ⅰ.①玛… Ⅱ.①凯… ②金… Ⅲ.长篇小说-美
国-现代 Ⅳ.①I712.45

中国版本图书馆CIP数据核字(2014)第077194号

Jack Kerouac
Maggie Cassidy

图字:09-2007-512号

玛吉·卡西迪
Maggie Cassidy

Jack Kerouac
杰克·凯鲁亚克 著
金绍禹 译

出版统筹 赵武平
责任编辑 陈 姝
装帧设计 人马艺术设计·储平

上海世纪出版股份有限公司
译文出版社出版
网址:www.yiwen.com.cn
上海世纪出版股份有限公司发行中心发行
200001 上海市福建中路193号 www.ewen.cc
上海交大印务有限公司印刷

开本890×1240 1/32 印张6.5 插页2 字数121,000
2014年5月第1版 2014年5月第1次印刷

ISBN 978-7-5327-6494-5/I·3880
定价:35.00元